SHANGHAI LITERATURE & ART PUBLISHING GROUP

故事会
精品系列

故事会 ®

我的故事

I0517476

 上海锦绣文章出版社
上海故事会文化传媒有限公司

上海文艺出版（集团）有限公司

图书在版编目 (CIP) 数据

我的故事 《故事会》编辑部编 — 上海：上海锦绣文章出版社
（故事会精品系列） ISBN 978-7-5321-2479-4

Ⅰ．①我… Ⅱ．①故… Ⅲ．①故事 作品集 中国 当代 Ⅳ．I247.8

中国版本图书馆 CIP 数据核字 (2002) 第 100422 号

丛 书 名：故事会精品系列

书　　名：我的故事

主　　编：何承伟

编　　委：何承伟　　吴　伦　　姚自豪　　夏一鸣

责任编辑：刘迎曦　　鲍　放

装帧设计：王　伟

责任督印：张　凯

出　　　　版：　上海锦绣文章出版社

　　　　　　　　上海故事会文化传媒有限公司

POD 海外发行：　中国图书进出口上海公司

　　　　　　　　电话：021-36357888

　　　　　　　　传真：021-36357896

　　　　　　　　地址：上海市虹口区广中路 88 号

　　　　　　　　邮编：200083

海外 POD 发行版本　　　　　　　　　　

STORIES　上海故事会文化传媒有限公司 出品 (00246)　www.storychina.cn

目　　录

步 入 人 生

人生宛若庆祝节日或从事送葬的行列，人人各就其位，在司仪长的指挥下前进。

有这样一位小姑娘

我参加《故事会》温州笔会后,直接去成都出差。

我是头一回去四川。这天中午,我来到了望江路,按照地图所示,沿江朝望江公园走去。这段路比较长,走着走着,我有些迷路了。正想找个人问路的时候,有个人朝我走来了,开口问道:"叔叔,几点了?"

我打量了一下来人,是一个干瘦的小姑娘,顶多十多岁,身上的衣服有些破旧,但还干净。她忽闪着一双大眼睛看着我。我告诉了她时间,便问:"望江公园怎么走?"

小姑娘见我问她,便说:"我正要到那边去。"于是,我们一路同行。

我们一边走,一边聊。我才知道,小姑娘也不是本地人。我问她:"你家里还有什么人,怎么一个人到这儿来了?"

她低下头,沉默了一会儿,忽然开口说道:"我妈妈坐牢了。"

"什么?"我以为听错了,又问了一句。

她一板一眼地说:"我妈妈把我爸爸杀了,她就坐牢了。"

我心里暗暗好笑,猜想她是为了讨得我的同情,编造了一个故事。可她不会想到,她这个编故事的,今天偏偏碰上了我这个写故事的。我爬格子十几年了,在故事界也算是有一号了,她编故事骗我,那真是李鬼碰见李逵了。我心里虽然觉得十分好笑,但并没有想揭穿她,听她往下讲。

这个小姑娘没有注意我的表情,低着头边走边说:"我爸爸这几年做买卖,手里有了钱,就和我妈妈离婚了,又找了一个新妈妈。我跟妈妈一块儿过日子,我们的日子越过越穷,爸爸和新妈妈的日子越过越好。有一天,妈妈忍不住了,抱着我哭了一场,拿着一把柴刀冲出门去。我在后边紧紧地追赶,嘴里喊着:'妈妈,为了我你不能这样呀!'"她呜咽着,说不下去了。

我听到这儿,不由得暗暗吃惊:这小姑娘不但口齿清楚,而且语调掌握得非常好,抑扬顿挫,俨然是个好故事员的材料。我不由又打量了她一眼。

小姑娘擦了一下淌在腮边的泪水,说:"我妈妈冲出家门,来到爸爸新盖的小楼前,一脚踹开大门,骂我新妈妈是小妖精,叫她滚出来。新妈妈躲起来了,爸爸出来了。他告诉妈妈别胡来,妈妈不听他的,还举着柴刀骂。爸爸上来夺刀,妈妈就一刀朝他脖子砍去。爸爸倒下了,血流了一地。妈妈也傻了,呆呆地望着他,手里的柴刀'哐啷'一声掉在地上……真的,叔叔,我亲眼看到的。"

多精彩的描绘呀,我差点儿失声叫了出来。我心里暗暗赞叹,她要是有文化,把刚才说的全写出来,可以参加我们的笔会了。我抑制住内心的激动,又问:"那后来呢?"

小姑娘说:"后来,妈妈让大盖帽抓走了,村里的人都来送妈妈。有个老奶奶跪在地上说妈妈是好人,求大盖帽放了她。可妈妈还是被抓走了,临走时朝我喊了一声:'我的孩子……'我追着汽车跑出好几里地,直到一点儿力气也没有了,一个跟头摔倒在土坡上……"

多么含蓄而又感人的结尾,让人听了是那么撕心裂肺,久久不能平静。有时我为了一个故事的结尾煞费苦心,可她……我真希望她讲的全是真事,而不是为了骗几个钱编造出来的。我当时想,如果这事是真的,她可怜;如果是假的,她就更可怜了。一个十来岁的孩子,不能上学,流落街头骗人乞讨,不管她是真是假,她都够可怜的,我下决心要帮她一把,哪怕受了骗,我也心甘情愿。

主意打定,我问她:"你打算怎么办呢?"

"我想回家,听别人说妈妈死不了,我要等她回来。"小姑娘的头扎得更低了。

我又问:"回老家要多少钱?"

"五元。"她伸出干瘦的小手说。

我想了一下,拿出三十块钱递给她,说:"给你,除了坐车,剩下的吃饭吧!"

她迟疑了一下,收下钱说:"叔叔,你真好,你姓什么?"

我摇摇头说:"你别问了,叔叔也受过苦,所以爱帮助人。我出门在外,带的钱不多,只能给你这些。你快回家去吧,好心的乡亲们会关照你,别在外边流浪了。"

她忍着泪水往前一指:"叔叔,望江公园到了。"她还记得我问路的事,可见很有心计。

她朝我点点头,一转身跑了,我望着她的背影,长长地叹了一口气。

我进了公园,不知为什么,没有了游兴,独自上望江楼眺望了一会儿，还是提不起精神来，便决定回去。

出了望江公园，我的心忽然剧烈地跳了起来，我用目光四下搜索，真怕在路边或树下又看见那个小姑娘，听她声泪俱下地对人家说："叔叔，我妈妈坐牢了……"还好，走完了二三里长的沿江路，也没有看到她，我心里平静了许多，看着滔滔的望江水，我心里说："但愿她说的全是真的……"

从此以后，每当我再提起笔写故事的时候，眼前总是浮现出这个小姑娘的形象，耳畔又响起她那凄凉的声音，"叔叔，我妈妈坐牢了……"也许，从那次路遇开始，我不写悲剧了。我要写喜剧，让人间多一点儿笑声，因为笑确确实实比哭要好。

（崔志刚）

一件蓝色滑雪衫

大概是14岁那年，我生活的小镇突然流行起蓝色滑雪衫来，那是顶呱呱的上海货，样式也不土，还带个天蓝色的小帽子。那年冬天不太冷，学校里几个干部子女率先穿起了它，他们在操场上跑来跑去，像朵朵白云里的蓝花花。我心里馋得要命，可母亲说啥也不肯买，她说："你有两件棉袄，还买什么滑雪衫？"我每天都跑到县百货公司，看见那蓝色的小精灵越卖越少，真急人啊，可又有什么办法呢，我总不能抢一件吧？

一天，我垂头丧气地跨进家门，刚进屋，就听到一个讨好的声音："大妹妹放学了？冷不冷？"我抬头一看，又是那个人，他大概三十多岁，面孔黑黑的，长得很结实。这人来了好几次，每次都带着一些烟酒之类的东西。他是爸爸手下的装煤工，好像学会了开车，央求着爸爸调他当铲车司机。"这是个好差"，爸爸曾经这么说。看来爸爸不会让他轻易得手，今天他又拎了两瓶酒，正摆在桌上呢。

我爱理不理地冲他点点头，心里说：你都三十多了，谁是你大妹妹？可他仍拘谨地站着，爸爸淡淡地一挥手："你坐吧，跟小孩子客气啥？"他顺从地坐下了。

我走进另一个房间，只听爸爸说道："至于你的事嘛，还有点难度，等我做做工作吧。""主任，全靠您帮忙了，其实我也不是图清闲，就为了开铲车有空儿，我家……"那人低低地说。"算了，算了！"爸爸不耐烦地打断他，"你们个个都有理由，谁知真的假的，再说吧。"那人不吱声了。我想象着五大三粗的汉子在爸爸面前的窘相，而爸爸又那么矮小，一定很好笑。谁让你想找好差、有求于我们呢？

求？突然，我眼前一亮，他为了求爸爸，可以拿烟、拿酒，为啥不能拿一件衣裳，拿一件蓝色滑雪衫？我觉得我整个儿的血液沸腾起来，那梦寐以求的理想仿佛一下子现实起来，以前怎么没想到呢？我飞快地酝酿起来，一个"阴谋"立刻形成。于是我鼓足勇气、心怀鬼胎地跨进外屋，进门就嚷嚷："妈，那件衣裳快卖没了，咋办呀？"他们都惊愕地抬头望我，顿了一顿，说："没了也不买！"我装着着急的样子，故意用手背抹抹眼睛，扭动着身子说："妈妈，好多同学都有了，就在县百货公司三楼卖，蓝色滑雪衫，就你嫌贵！"说着，我极快地瞟了瞟装煤工，见他注意地听着，眼睛一眨一眨的，有门儿！

第三天的傍晚，那人终于把我梦想的滑雪衫送来了。我心里像吃了蜜糖般的快乐，一大早就要穿它上学校。妈帮我扣上蓝色的小帽子，对爸爸说："你看孩子乐的，那事儿你就办了吧。"嗨，我才不关心他们的事儿，我想有了新衣服，也像雪地上的蓝花花了，而这还是靠我的"智慧"得来的呢。

那天我在学校操场上不知跑了多少趟,恨不得让所有人都看见我,放了学就直奔爸爸的煤厂子,要让那里的叔叔阿姨也好好夸夸我,夸夸我的衣服。煤厂子到处都是煤,有些煤堆了好几年,居民们都不愿意买这种不好烧的劣质货,只好降价处理给小工厂。这时已近傍晚,一个煤堆旁正停着一台小拖拉机,司机抄手坐在驾驶座上,几个装煤工吃力地刨着煤,其中还有个小姑娘。这本没什么稀奇,但我却走不动了,因为我发现小姑娘正死死地盯着我看呢。

小姑娘看上去比我小几岁,穿一件又脏又破的开花大棉袄,衣摆直拖到膝盖,她的小脸冻得通红,嘴巴上还沾着一大块煤黑,顺着她的目光,这才知道她在看我的衣服。呵,羡慕我吧,我故意昂首挺胸地走向她,问:"你看我干啥?"我等着听那句"这衣服真美",不料,小姑娘撅了撅嘴巴,说:"你穿这衣服没我姐穿着好看!"什么? 她姐也有一件蓝色滑雪衫? 一个打零工的小姑娘? 我简直不相信自己的耳朵。

小女孩又说:"原来我爸是给你买的呀,我姐穿上可漂亮了,可惜一会儿爸就让脱下来,你看,我不小心在肩上抹了一块黑,妈不敢说,连夜绣朵蓝花补上的,我一看就知道了。"我低头一瞧,天哪,左肩上果真用蓝的确良线绣着朵秀丽的暗花,我咋没看见呢,看来小姑娘是那个装煤工的女儿。不知怎的,我感到脸发烧,仿佛做了贼似的,面颊一定比小姑娘还红。我只好低声嘀咕着:"你姐喜欢就留下呗,给我干啥?"

"那怎行?"小姑娘急急地分辩着,"这是给你买的,你说啥也得要! 我妈病了好几年了,我爸老说要当司机,余下时间好照顾家,我天天放学来这儿挖煤,我姐也挖,挣钱让我爸买烟、酒,后来爸说要买衣服,价钱大啦,这下凑不够了,我爸只好到县医院卖了血,这事儿妈都不知道。"小姑娘急急地说着,突然一股寒风吹来,呛得小姑娘直咳嗽,但她马上抬起头,焦急而惊惶地望着我，仿佛自己闯了大祸，"小姐姐，你可千万要呀，你若不要，我爸就当不成司机啦！"她的声音几乎带着哭腔了。

正说着，车上的司机猛地按了喇叭，冲着我们嚷道："喂，那小丫头，你还想不想干？不干快算账！"小姑娘一听，吓得赶忙拿起身边的大铁锹，趿拉着破鞋奔回煤堆，我则呆呆地站在那儿，木然地看着小姑娘。原来这衣服是卖血买的呀，装煤工一家省吃俭用、拼命干活，就为给我们送礼！我骨子里那少年善良的天性被深深刺痛了，真不应该，不应该耍这么个"诡计"，逼得装煤工去卖血。我想起课本上的地主周扒皮，觉得自己做的事儿简直跟他差不多，可耻啊！

回到家，我已经被愧疚折磨得精疲力竭，小姑娘的脸老在眼前晃悠。我把衣服脱下，对妈说："快收起来，我再也不穿了！""什么？要来了又不穿，你疯了你！"妈愤怒地叫道。我当然不敢提把它还给装煤工的事，我希望这么做，但知道那是不可能的，我只能不穿它，把它锁起来，忘掉它。

后来，我结婚了，妈把那件崭新的蓝色滑雪衫打进嫁妆里，但我从没拿出来过，好像那上面真有血迹似的。一次郊县发水灾，单位号召捐钱捐物，我把它捐给了灾区。

这是个真实的故事，事情过去好多年了，不知装煤工的一家现在过得怎么样？

（范晓青）

诺言

　　曾经许下一个诺言，可这个诺言已经永远无法再实现，心里惟能留下几分自责，几许遗憾……

　　那是在多年前，一个异常寒冷的冬季，我出差去一个很偏僻的小县城办事，途中，要过一座人迹罕至的大山，山高路险不通汽车，只得靠两条腿翻山越岭。一路上大雪飘飞，一片银白世界，我初来乍到，由于贪看雪景迷了路，正急得团团转又冷又饿的时候，碰上一个素不相识的老乡。山里人真是好客，当下就邀请我到他家里歇脚。

　　这老乡家里似乎挺穷，三间破草房，屋里的陈设极简陋，除了床，就是一张方桌和几把椅子。老乡招呼我坐下，随后赶紧烧了一盆火，又端出几块玉米粑粑，让我吃。

当时我真是饿极了，接过粑粑狠命吃了起来。当我狼吞虎咽地吃完最后一块玉米粑时，一个三十多岁的女人和一个十来岁的小女孩从门外走了进来。

那小女孩进屋就嚷："爹，玉米粑好了吗？雪儿饿坏了。"

"雪儿！"那老乡，也就是雪儿爹，连忙悄悄给雪儿做手势，可我已经明白是怎么回事了——我竟一个人吃完了他们全家人的晚饭。我的脸顿时窘得通红，真恨不得有个地洞钻进去。

我正不知道这时候自己该说些什么或做些什么，只听雪儿爹拍拍雪儿的小脑袋，说："雪儿乖，叔叔吃了粑粑好赶路，雪儿要吃以后再让妈妈做，啊？"雪儿没吱声，忽闪着大眼睛，突然跑到我跟前，说："叔叔，雪儿不懂事，您不要生气啊。"

雪儿天真的话语立时把大家逗笑了，我顺势将雪儿拉过来，仔细打量着她。只见她个头不高，瘦弱弱的，圆圆的脸庞，加上额上那一绺刘海儿，看起来蛮像个瓷娃娃，很是招人喜爱。雪儿大概是见我这个"大朋友"蛮随和的，就不那么拘谨了，一个劲地缠着我问这问那的，要我讲城里的新鲜事。

说话间，我随口问道："雪儿，读几年级了？"

谁知雪儿一听，立时不言语了。雪儿爹在一边叹了口气，说："不瞒你说，咱雪儿读书真是不赖，原先上过三年学，娃儿们就数她行。可惜了，两年前，她娘得了肺病，家里的钱都扔进药罐里去了，哪还有钱再供她读书！唉，咱们对不起娃呀……"说到这里，雪儿爹的声音哽住了，雪儿娘在一边悄悄抹泪。我一把把雪儿揽进怀里，屋里的空气顿时变得凝重起来。

第二天，雪仍然纷纷扬扬地下着，雪儿爹苦苦劝我再住两天，等雪停了再走，可我心里早已打定主意非走不可，雪儿家生活那么困难，我怎好意思再打扰？

就在这时，雪儿从里屋拿着一本书出来，恳求道："叔叔，留下来吧，雪儿想让叔叔教雪儿读书呢！"她边说边眼巴巴地望着我。

我接过书一看，这是一本小学五年级的语文课本。雪儿告诉我，她辍学后一边帮着爹娘做家务，一边借别的孩子的书自学，两年里她已经自学完了四年级的全部课程。

望着雪儿企盼的眼神，我心中一热，这么好学的孩子，在城里可不多见。我的眼眶湿润了。

"雪儿，你真的很想进学校读书吗?"我认认真真地问她。

"想，做梦都想!"雪儿脱口而出。

"那，叔叔帮你。"我下定决心，对雪儿说，"寒假一完，你就回学校去。"

"真的?"雪儿双眸闪着兴奋的光。

"是真的。"我朝她点点头，"以后，你要更加努力地学习，争取考个好成绩，以后再读中学。"

雪儿高兴地伸出手来，把小指一弯，说:"我一定会考好。叔叔，咱们拉钩吧，拉了钩就不许赖。"我也笑着伸出手来，使劲和她勾了勾。

三天后，雪停了，我也要上路了。临别时，我掏出兜里仅有的近200元钱，塞进雪儿爹手里。我对他说:"这点钱差不多够雪儿上完小学了，以后我会再来看你们的。"

日月如梭，世事纷繁，一晃一年多过去了，由于种种原因，那深山中的雪儿家我没能再去，有时想先把钱寄去，可那张写有他们家地址的纸条已经被我不小心弄丢了。

就这么一拖两拖，拖了将近一年。这一次，我又有了一个去他们县出差的机会，一办完事，我马上就踏上了去雪儿家的山路。

一路上，我的心里异常激动。我猜想雪儿现在肯定长高了许多，不知道她能不能原谅我这个不守诺言的大朋友? 不过我想她一定会原谅我的，因为她的这个大朋友并没有忘记她，没有忘记自己曾经许下的诺言。

　　一路紧赶慢赶，黄昏时分，我终于来到雪儿家门前。"咚咚咚"，我一边敲门，一边想象着雪儿见到我时该是怎样的惊喜。

　　来开门的是雪儿她娘，她一见到我似乎立刻就想起我是谁来，没有感到意外，但也没有多少惊喜的神情，只是淡淡地招呼道："哦，是大兄弟呀，快进屋里坐。"我一看，屋里的陈设一如往昔。

　　我轻轻问了一声："雪儿他爹，还有雪儿，他们都不在家吗？"

　　沉默，长时间的沉默，雪儿娘转身抽泣起来。

　　我的心猛一沉，一种不祥之感涌上心头。我急问道："莫不是家里出了什么事？"

　　"雪儿她、她惨……呀！"雪儿娘终于忍不住失声痛哭起来。好一会儿，她才收住泪，断断续续地告诉我他们家发生的一切。

　　原来，我走后的那年，雪儿如愿以偿地重新进了学校，她读书比以前更用功了，因为她明白这一切来之不易，她常说她要用功读书，不然对不起我。后来，我留下的那笔学费用完了，而我一直没去，于是雪儿一有空就跑到屋前那个高坡上眺望进山的路，盼着我去看她。回回满怀希望去，却回回带着失望归。雪儿爹劝雪儿说："叔叔不是说话不算数的人，叔叔一定是有事一时来不了。"可雪儿不死心，风雨无阻，依然天天去等我。

　　这时候，正是小学考试结束不久，一张榜，雪儿考了个全乡第一，被县重点中学录取。可手拿通知书的雪儿傻眼了，那么多的学费怎么办？雪儿爹跺跺脚，说这书一定得读下去，都说咱家出了个文曲星，不读有违天意。于是雪儿爹背上药兜，上了高耸入云的后山，那后山上有药材，据说能卖好价钱。雪儿爹天天起早贪黑地上山挖药材，没承想那天不小心摔了一跤，把脚骨给摔断了。雪儿左思右想，接过药兜就要上山，雪儿爹娘死活不让，一个小女娃子上山，不等于去送死吗？可倔犟的雪儿哪里听得进，那天，她是瞒着爹娘上的山，可这一去，就再也没有回来。后来,人们在一个大深沟里找到了她的尸体……

雪儿娘领着我去雪儿的坟地,坟头上,雪儿爹拄着拐杖正站在那里,像一座雕塑,纹丝不动……

"雪儿!"叫一声雪儿,我愧疚的泪水夺眶而出,"叔叔来晚了,是叔叔害了你呀……"我蹲下身,轻轻抚着墓碑,任凭泪水"哗哗"而下。

天上又开始下雪了,洁白的雪花飘过耳际,雪儿那稚气的声音仿佛又在我的耳边响起:"叔叔,咱们拉钩吧,拉了钩就不许赖。"

（子　君）

一堂说话课

　　记得小时候，我的性格相当内向，脸皮薄，胆子小，不敢在人多的场合说话。可偏偏那时候，为了锻炼学生的表达能力，学校专门开了一堂"说话"课。到上这堂课的时候，每个学生都要站在讲台或自己的座位上，对着老师和全体同学说上一通。

　　这对别人来说容易，对于我却是灾难了。平时我对三四个人说话还脸红，结结巴巴的，如今怎么敢对着这么多人说呢？于是每到上这堂课的时候，我就心跳，发慌，不敢抬头看老师，生怕老师提名要我说。有时就干脆装病请假，甚至逃学。还有更邪乎的，有时连做梦也在哭叫："我不'说话'，不'说话'呀！"

　　这天，又该上那该死的说话课了，我赖在床上装肚子痛，不想上学，我的妈妈当时也在这所学校当老师，见我这副样子，就去找我们的班主任刘老师,央求说:"刘老师,我家雪宇实在不敢在人前说话,下堂课,你别叫他说了吧。"刘老师笑了笑,点了点头。

哈,这下我放心了,我一骨碌滚下床,高高兴兴去上学了。

可是一上课,刘老师的第一句话就是:"今天的说话课,我们要请雪宇同学打头炮,大家欢迎她!"

同学们"噼里啪啦"鼓起掌来,我却在心里嘀咕:怎么回事?妈妈不是跟刘老师说好的吗,怎么还要我说,而且还是头一个?

见我坐着不动弹,刘老师又说:"雪宇,请你站起来,说吧。"

我只好站起来,可心里那个气呀:你这刘老师,也太不仗义了,平时你到我们家来,妈妈拿糖、拿花生给你吃,你不会打毛衣,妈妈还教你呢,可现在你却出尔反尔!

见我光站着不开口,刘老师口气变得严厉了:"雪宇同学,快说呀,同学们都在等你呢。你要自觉一点,别耽误了大家的时间!"

我的犟脾气也上来了,站着就是不说。

"雪宇,你怎么啦?你不要做害群之马!"刘老师的口气更加严厉了。

我呢,气也更大了,立下了誓死不说的决心。

"雪宇,你不要以为自己是老师的孩子,就可以搞特殊!"

这叫什么话呀?我终于忍不住了,委屈、怨气突然一下子迸发出来,冲着刘老师就喊叫起来:"不说,就是不说!你凭什么骂人?你当老师有什么了不起的,怎么可以随便骂人?我是害群之马?我做什么坏事了?我是老师的孩子,我欺负谁了……"

全班同学都吓呆了,一齐望着我。

我想:刘老师一定会恼羞成怒冲过来,把我赶出去的。可奇怪的是,她却一直平静地听着我喊叫,还微微地笑着呢。等我喊叫完了,她居然说:"同学们,雪宇同学说完了,大家祝贺她!"

　　我一下子懵了,好半天,才被猛然爆发的一阵雷鸣般的掌声惊醒。

　　以后,我居然不再怕"说话"了,不仅敢在课堂上说,在人多的场合也敢说了。

（雪　宇）

这是很多年前的故事。

那时,我父亲是宁夏石嘴山煤矿的一名普通工人,一个月五十多元的工资,这些钱,既要买高价粮养活没有户口的全家五口人,又要给老家的爷爷奶奶寄生活费,因此,我们家的生活是相当拮据的。

由于肚里缺油水,我总是觉得饿,老是急切地盼望着夏季早些来到。因为夏季一到,麦子就成熟了。麦收时节,在母亲的率领下,我们兄妹四人提着篮子,背着袋子,浩浩荡荡地开向近郊农村。我们在被农民精心收割过的麦地里仔细地搜寻着,翻拣着,把那些被他们不小心遗漏的小麦穗拾起来。一连半个多月,我们起早贪黑,蹲在麦地里,顶着炎炎烈日,不顾蚊虫叮咬,拼命地捡呀捡。人晒黑了、累瘦了，但谁也没有一声怨言。就这样打仗般地忙乎上十几天，母亲把我们捡来的麦穗归拢到一起，捶打出麦粒，拣净石子，晒干，然后父亲就把它背到磨房里，磨出几十斤白花花的面粉。每当这个时候，父亲就会大度地说："擀面条，蒸白馍，让孩子们好好吃几顿，这可是他们自个劳动挣来的呢。"于是，我们兄妹几个就欢呼雀跃，简直比过年还兴奋。

可惜，夏季很短。接下来的秋冬季节，窝头、咸菜又成了饭桌上的常客，这时我又开始发疯般地盼着夏季早早到来，好饱饱口福。

记得七岁那年的一个下午，我懒洋洋地坐在家门口晒太阳，心里在想着吃饺子、白馒头和红烧肉，想着想着，口水就流了出来。要知道，我可是有一个多月没见白面了。这时，父亲走过来，从身上摸出一斤饭票，对我说："家里来客了，你去买一斤馒头。"

我接过饭票，撒腿就往食堂跑。

从食堂出来的时候，我手里已有了五个松软洁白的大馒头，它们刚出笼，还冒着热气，一股股诱人的香气一个劲地往我鼻子里钻。我垂涎欲滴地看着它们，恨不得一口吞吃了。可我又不敢，父亲的巴掌令人害怕。

我正这么胡思乱想着，忽然撞到一个人身上，抬头一看，是云姨，她怀里还抱着她那最小的儿子松松。

云姨跟我家住同一排房，她也没户口，没工作，下井的丈夫要负担她和七个饿狼般总也吃不饱的儿子，那日子比我们家还要艰苦。

此时，云姨笑眯眯地问我："慌里慌张地低个头，干啥呢？"

我不好意思地说："家里来客了，买馒头。"说完，拔腿就溜。云姨在后面喊："慢点，别摔着了。"

这时，我的注意力又转移到了馒头上。我想象着它们香甜可口的滋味,想象着一口一口把它们掰着吃下去的感觉。越想越控制不住自己,终于忍不住了,拐到一个无人的角落里,抓起一个馒头,大口大口地吃了起来。由于吃得太猛,一下噎得我直翻白眼。

等我重新往家走的时候,我才傻眼了。回去该怎么交代呢?

到了家,父亲和客人正面对面坐着呢,所以少了一个馒头他也没追问。我趁机跑到院子里跟弟弟玩,心里还暗自高兴。

客人告辞后,父亲阴沉着脸走过来,说:"怎么少了一个馒头,是不是你吃掉了?"

我忍住慌张,按照事先想好的话说:"是松松吃的,我刚出食堂,就碰上云姨抱着松松。松松哇哇哭着非要吃馒头不可,我只好给了他一个。"

我说得生动逼真,连我自己都已经相信那馒头确实是松松吃的。

可父亲却一脸的怀疑,对我警告道:"你可别撒谎,要是我问出来是假的,我可要撕烂你的嘴,我最恨小孩子骗人!"

我的心开始狂跳起来,却硬着头皮说道:"那你去问好了。"

想不到父亲真的转身往云姨家去了。

我一下子慌了手脚,有一种末日来临的感觉。那时,生活的重压使得我父亲的脾气异常暴躁,打起我们来也是毫不留情的。今天父亲有言在先,一顿痛揍看来是逃不掉的了。

我坐在门后的小板凳上,战战兢兢地等待着即将到来的惩罚。

父亲很快就回来了,我吓得浑身哆嗦,闭住了眼睛一动也不敢动。

我听到父亲和颜悦色地说:"你缩在那里干啥呢?松松太饿了,你给他吃馒头是应该的。我怕的是你说谎,现在没事了,快吃饭吧。云姨还夸你懂事,说要谢谢你呢。"

我惊呆了,难以置信地瞪大了眼睛:"云姨,她、她真是这么说的?"

父亲点点头,很奇怪地看着我。

猛然间我号啕大哭起来,哭得声嘶力竭,怎么劝也劝不住,父亲、兄妹们都手足无措地围着我,不知道我怎么了。

好半天,我才哽咽着对父亲说:"那个馒头……是我偷吃的……我撒谎,云姨怕我挨打……爸爸……你还是打我吧。"

父亲一下子愣住了,沉默了半天才回过神来。他叹了一口气,摸摸我的头,说:"快洗洗脸吃饭吧,饭都凉了。"

那以后父亲就很少打我们了。而云姨、松松还有那个噎得我直翻白眼的馒头,却一直清晰地留在了我的脑海之中。

(车广秀)

美 德 之 光

美德不是装饰品，而是美好心灵的表现形式。品格唤来品格。

大山里的根

我家乔迁新居，亲朋好友喜气洋洋地来帮着搬家。

我指挥着大家将新买的高档家具一一摆好，便和一帮姐妹钻进卧室里"卡拉OK"了。唱着，唱着，客厅里忽然闹了起来。

我跑出去一看，火冒八丈高：家里的一个破箱子，搬家前我扔给了外面的修车铺，不知啥时丈夫又把它搬了进来。猩红的地毯上放着这么一只老掉牙的箱子，真是大煞风景。几个亲戚要搬走，丈夫不让搬。我不想在乔迁之日节外生枝，就装作若无其事的样子把这事平息了。

第二天，丈夫加班去了。我正闲在家里，忽听外面有收破烂的吆喝声，我心头一喜，便急急忙忙把那只箱子搬下楼去。

收破烂的是个老汉，他见了那箱子，细细地打量了好久，问：

"闺女,多少钱?"

"给20块吧。"我胡乱叫了个价,心想,你就是不给钱,我也送给你算了,省得搁在家里我心烦。不料老汉满口答应下来,他付了钱,临走时一遍又一遍地回头看着我,那眼神,让我有些不安,可转念一想,"周瑜打黄盖",一个愿打一个愿挨,我理亏干啥?

下午,丈夫回来了,他知道箱子被卖后大发雷霆,骂我是冷血动物,铁石心肠,然后便发疯似的冲下楼,向大街上跑去。一时间,我伤心得要死,一只破箱子有什么了不起,什么年代了,还要搞忆苦思甜!我不理解丈夫为啥对这只箱子如此钟爱,便自顾自地忙别的事了。

天黑了,仍不见丈夫回来,打电话问亲朋好友,也没见影,这时我才慌了手脚,满街找起来。后来,在街中心的花坛边,我终于找到了丈夫,他在默默抽烟。丈夫是从来不抽烟的,可现在扔了一地的烟头,我知道伤了他的心。最后,丈夫低沉地说:"傻老婆,你卖掉了我生命的根,不可能找回来了。"说完,他撇下了我,独自摸黑回家。

这几天里,我一直不敢问丈夫是咋回事。以前只知道那箱子是他上大学时别人送的,却没想到他看得比命还宝贵。我有预感:这箱子的背后肯定隐藏着某种秘密,说不定还是哪个"神秘人物"送的特殊纪念品呢。我暗自拿定主意:非让丈夫招供不可!

礼拜天,吃过晚饭,我关上房门,在梳妆台前偷偷化妆。粉饼、唇膏这类东西,以前我是从不沾手的,现在拿着,禁不住手都在颤抖。化完妆后,我又挑最时髦的衣服穿上,对着镜子照,呀,好靓哪,连我都不认识自己啦!

丈夫正在客厅看电视,听见我走出房间,回头一看,顿时大吃一惊,他一定在奇怪:一向不注意穿着打扮的老婆,今天怎么变成这个模样了？他见我要出门，结巴着问："你……干啥去？"

"约会呀！"

丈夫脸色一变，连声音都发抖了："和……和谁约会？"

我神秘兮兮地说："这是本夫人的个人秘密，无可奉告。"

"夫妻之间难道还有什么不能说的吗？"

我得意地一笑："哎哟，这话好像该我先来问你！"

丈夫是聪明人，一下明白了我今晚自导自演这幕"喜剧"的用意，他长长地吐了一口气，说："你这个傻老婆呀……"

丈夫终于吐露了那只木箱的秘密。

原来，丈夫是他们大山里第一个考上大学的。那时，他家里很穷，村里人也都不富裕，但山里娃考取大学的喜讯，却让全村人都乐疯了，村里专门请来放映员，放了两场电影。德高望重的老村长独自悄悄地上了自家的山坡，砍下一棵大楸树，说是要为我丈夫打一口行李箱。楸木是当地最结实耐用的树木，而这棵树，又是村长老伴临终时嘱托他为女儿打嫁妆的，但老村长却给了我丈夫。下山路上，老村长一不小心跌倒了，又被滚动的树杆砸伤了腿，至今他走路都不太方便。可当时，老村长硬是带伤为我丈夫做了这只木箱，还在箱盖上刻了"为人民服务"五个字。我丈夫临走那一天，村里人都来为他送行，乡亲们把吃的、用的和拿鸡蛋换来的零散钞票，都塞到那只木箱中，它是我丈夫当时最奢侈的行李了。临上车前，老村长的眼眶湿了，他只对我丈夫说了一句话："娃呀，别忘了回山里的路……"

此时，我才明白：怪不得丈夫大学毕业后放弃了留在都市的机会，硬是申请回老家；我也真切地感到自己伤了丈夫的心，伤了老村长的心……

放假了，丈夫带我踏上了回大山的路，他要向老村长忏悔，祈求老村长的谅解，要不，丈夫的心一辈子都会很沉重的。

走完山路，到了村里，推开一间小屋的门，当我面对老村长时,却惊奇得说不出话来:老村长竟是那个收破烂的老头！但老村长却若无其事地说:"回来就好,我听说你们搬家了,早想到你们的新房子看看……"丈夫一时间无话可答,羞愧万分。

这时,我带着一种沉重的负罪感,低低地说:"老村长,我要买你一样东西,我知道它千金难买,可我的心是真诚的。"

老村长默默无言地搬出了我卖掉的那只木箱,只是已经上了一遍土漆,那漆,锃亮锃亮的……

离开小屋时,老村长还是那句话:"别忘了回山里的路……"

从那以后,我也像我丈夫一样,把这只楸木箱子视如珍宝,放在十分醒目的地方,每一个朋友上我家,我都要讲述这个动人的故事。

（黄　鹏）

冤家相助

　　那年 11 月初的一个夜晚，凉风习习，我和劳累了一天的爸爸妈妈早早就上床进入了梦乡。

　　半夜里，我被爸爸用力摇醒："快起来，14 号强台风来了！"一听刮台风，我立刻睡意全无，慌忙爬起来。此时，妈妈正搂着弟弟和两个妹妹坐在床沿上。

　　外面，风声从屋顶上呼啸而过，一次比一次响，一阵比一阵猛，很是吓人。海南岛年年有台风，可我长这么大了，还从未听到过这么骇人的风声，那风声真令人毛骨悚然。

　　我们都睁大着眼睛望着爸爸。爸爸很镇定，他举着手电，不时照着墙壁、屋梁、屋脊。

　　不一会，爸爸穿上雨衣，想开门往外走。妈妈忙问："去哪？

风这么大。"

爸爸扭过头,脸色庄重地说:"听风声,今夜的台风来势很猛,现在越刮越大,连队的这些房子看来顶不住,我去外面喊一喊。"这个时候出去,多危险啊,妈妈急忙拦住,"你——出去了,我们怎么办?"

"轰——"又一阵狂风从屋顶掠过,"哗啦啦……"一种怪异的响声从外面传来。

爸爸急了,转身说:"阿珍,我是排长,这个时候先要想到大家。这样吧,我出去后,你在屋里盯着房顶、墙壁,一发现情况不对,就马上带孩子们冲出去。如果我还不回来,你们就跑到球场中间,抱在一块蹲下来,我会来找你们的!"说完,开门冲了出去。

妈妈费了好大的劲才把门关上。爸爸一走,我们一下子失去了主心骨,心中更加恐惧了。

"轰——"又一阵风从屋顶呼啸而过,"哗啦啦"房顶右上角一下撕开了一个大缺口,碎瓦散灰落了一地,有一大块灰瓦险些砸在妈妈头上。没等我们回过神,又听到右边随风传来了沉闷的轰隆声,我们虽坐在床上,却明显地感到从地下传来强烈的震动。

妈妈还在呆愣的瞬间,我猛然发现靠大门的右墙歪向左边。我脱口大喊:"妈,右边的墙歪了。"

妈妈一听,吓得连拖带扯地把我们兄妹四人拉下床,朝门口冲去。

妈妈打开门闩,用力拉门,但门没有动;再用力,仍不动。妈妈急了,用两只手拼命拉!可门丝毫不动。我抬头再看,倾斜的右墙恰恰压靠在木板大门上。

"妈,我们出不去了!你看门上面!"我下意识地喊了一声。

妈妈抬头一看,突然发疯似的捶起大门:"快来人哪!快来人哪!国强,你在哪——快来人呀!"妈妈那撕心裂肺的喊叫,吓得弟弟妹妹们搂着我大哭起来。

我虽然没有哭,却全身上下都在发抖。

就在这危急的关口,突然,窗口出现了一张黑乎乎的脸,只听有人在大声喊:"大门卡死了,我要砸窗,你们闪开!"那人举起一把锤子,狠狠地朝木窗条砸来。一下,两下,不一会,六条窗栅被砸断了。

"快,小孩先出来!"那人把双手伸了进来。这时我才看清,这人是我们的邻居曾叔叔。

曾叔叔的老婆是只"母老虎",经常找茬跟我们过不去,还打过我和弟弟。我们两家的厨房虽靠在一块,却从不往来,双方从不打招呼,在这台风之夜的危急关头,来救我们的竟是曾叔叔,我鼻子一酸,差点哭出来。

在曾叔叔的帮助下,我们四兄妹一个个从窗口钻了出去。

我出来后一看,吓了一大跳。原来我们这幢共九间的房屋,从右向左倒了八间,只剩下我家住的这间未倒。

曾叔叔刚把妈妈拖出来,一阵龙卷风刮来,我家这间房屋终于支撑不住,"轰隆"倒下。几乎是同时,对面的一幢砖瓦房也"轰隆"一声倒塌了。

曾叔叔愣了一下,突然怪吼一声,向对面倒塌的房子冲去。对面那幢房屋的第五间是曾叔叔一家住的。

我也不知为了什么,也不知哪来的胆量,也跟着曾叔叔向前跑去。

风雨交加中,曾叔叔与一个身材高大的人撞了个满怀。"老曾是你?风这么猛,小心点。"那是爸爸的声音。

"我老婆、还有小华、小宝他们,他们都还没出来哇!"曾叔叔话没说完就号啕大哭起来。

"振作点,老曾,房倒之前,我已经把你老婆和孩子拉了出来,他们现在都在球场边的一辆牛车底下,你快去吧。"爸爸的声音有些发颤。

　　随后,爸爸自言自语了一句:"不知我的老婆、小孩怎样了?"

　　"爸爸,"我在后面大叫一声就哭了起来,"爸爸,刚才要不是曾叔叔,我们就没命了……"

　　"老曾!"

　　"老李!"

　　风雨中,两个身影一下子紧紧抱在了一块。

　　我呆呆站在他们后面。这一刻,我竟忘记了台风,忘记了寒冷,忘记了一切……

　　天亮时,风停了,雨住了,连队营房变成了一座陌生的废墟。这场突如其来的强台风,刮坏了所有的房子,刮倒了所有的橡胶林……然而全队大小三百来人,却无一人伤亡。

(吴越海)

棉袄里的秘密

那年,沅水上游涨大水,我们临水村受了重灾,村里百来户人家的房屋都被洪水冲毁了。

这天,一批由城里捐献的御寒棉袄经有关部门转到了我们村里,我那个时候当着个村长,便负责把这些棉袄发给大家。忙乎了大半天,好一点的棉衣都分给了别人,轮到自己时,只剩下一件已经十分破旧的棉袄了。我也不在乎,将棉袄穿上身试了试,挺合身的,便打算拿回去补补再穿。可就在脱下棉袄折叠时,我意外地在衣兜里发现了一张字条,上面写着:灾民朋友:这件破旧的棉袄一定很不中你的意,请带上它到城里平安路58号,找刘之华面谈。切记!

看罢这几行小字,我心里挺纳闷:这究竟是怎么回事儿?我决定赶明儿去城里会会这个刘之华。

第二天,我早早进了城,七打听八打听,好不容易才找到平安路58号。这是一个老式的小四合院,在院门口玩耍的孩子把我领到刘之华的家门前。我敲响了他家的房门,好一会儿,门才打开,出现在我面前的是一位满头白发、腰背佝偻、拄着根弯把拐杖的老头。老头眯着凹陷的双眼,打量着我。当那暗淡的目光触及到我夹在腋下的破旧棉袄时,老头脸上露出了笑容:"欢迎,欢迎,我就是刘之华,快请屋里坐!"

"刘老先生,"我一边进屋一边自我介绍说,"我叫马南春,家住临水村。我从这棉衣兜里看到了一张字条……"

"我知道,知道,"没等我把话说完,刘老先生就接口说,"这件棉袄是我捐的,字条也是我写的。我听说临水村是重灾村,倒了不少房子……你家的房子也被洪水冲了吧?"我点点头。"好!"谁知他见我点头竟猛击一掌,说,"好,太好了,我老头子没找错人!"

这是什么意思?我仿佛在云里雾里,搞不懂这位老先生葫芦里到底在卖什么药。只见他拄着拐杖,步履蹒跚地走进里屋,不大一会儿,他手上托着一包用报纸裹得严严实实的东西,又走了出来。他将这包东西搁在桌上,揭开报纸,原来里面竟然是一大摞叠得整整齐齐的人民币。

我被眼前的情景怔住了,而刘老先生却笑笑说:"南春同志,这些钱都是你的了,是我自愿捐献给你的,一共是两万元,你拿去建房子或者派用场吧!"

"这……不、不,我不要,不能要……"我惊得手足无措,连连后退。

刘老先生收住笑容,道:"怎么,你不相信我的话?我是快要入土的人了,怎么会和你开这样的玩笑?"他拍拍我的肩,说,"你放心吧,这钱是我平时一点一点积攒的,来路正得很。你快拿着,别让我费嘴皮子了。"

刘老先生说得非常诚恳。可再怎么说,毕竟是两万元呀,怎么能无缘无故地收下呢? 我忐忑不安地说:"刘老先生,你总得先告诉我,你这样做是为了什么吧?"

他思忖片刻,说:"南春同志,你得到我捐出去的这件旧棉袄,说明咱两有缘分……这钱就算是我做朋友的帮个忙吧……"

显然,刘老先生是有意不肯明言。我想了想,打定主意说:"刘老先生,说实话,钱我眼下的确需要。这样吧,这两万元钱我就带回去。不过,我得给你写个借条,到时候一定还你。"

他琢磨了一会儿,答应了。

于是,我写好借条,又摁了个鲜红的拇指印,把它交给刘老先生。随后,我把桌上的两万元钱揣进怀里,告辞说:"刘老先生,钱我借去了。等我建好了房,一定接你去临水村,请你坐上席!"

一眨眼半年过去了。这天,我兴致勃勃地赶了个大早,特意进城去请刘老先生。在乡政府的领导下,全村上下齐心协力重建家园,我要请刘老先生来看看我们临水村的新面貌。

当我走进平安路那个四合小院,敲响刘老先生家的房门时,从刘老先生邻居家走出一个中年人来。中年人一听我是从临水村来的,便从屋子里拿出一封信交给我,说:"刘老先生一个月前去世了,这封信是他去世前嘱咐我转交给你的。"

我心里一沉,慢慢抽出信笺,展开一看,上面这样写着:

南春同志:

当你看到这封信时,我怕已是作古之人了。

我过了一辈子一人吃饱、全家不饿的孤身日子,如今得了不治之症,睁眼的日子已屈指可数。我总觉得该做点行善积德的事。恰闻沅水上游涨大水,不少村庄遭了灾,市里号召向灾区群众献爱心，于是我打算将积攒下来的两万元钱捐献出去。我不想为此事又上电视又上报纸，考虑了很久，决定先捐一件破旧的棉袄出去——早听说时下有些乡村干部挺会为自己打算盘，他们会把好一点的衣物留给自己和亲友，而我那件破旧的棉袄只可能给老老实实、普普通通的灾民。这样，通过放进衣兜里的字条，我也就能将两万元钱直接交给一位需要帮助、应该帮助、值得帮助的朋友手中——这个朋友就是你马南春了。

南春，本不想对你说这些，但是你好刨根问底，我想了想，觉得还是把事情的前前后后对你明说了好。

借条随信还你，因为你并没欠我什么，相反倒是成全了我临终前的愿望。

谢谢你！南春兄弟。

刘之华

看完这封信，我的眼睛湿润了，心头说不出是什么滋味，但有一点十分清楚：刘老先生已经看不到用他那两万元钱修复起来的、曾经被洪水冲毁了的临水村小学……

（王军杰）

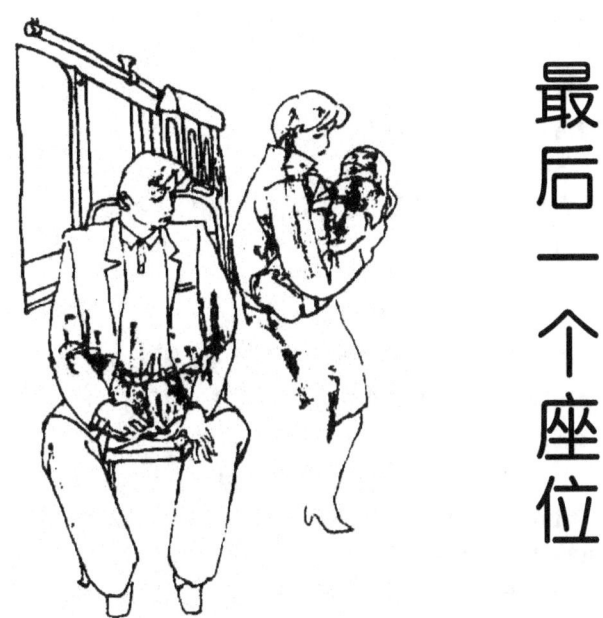

最后一个座位

　　我们每天都会碰到许多事。有些事，不过是过眼云烟，可有一些事，你却一辈子刻骨铭心。我就碰到过这么一桩难忘的事。

　　这天，我出门很早，公共汽车刚停在站口，我就挤了上去。真是早起的鸟儿有虫吃，我发现车上竟然还有一个空座位，不禁大喜过望，一屁股坐了上去。

　　没想，汽车刚走了一站，就上来一个怀抱婴儿的妇女。妇女上车后，往里走了几步，正好立在我的座位旁。我用眼瞄了一下，不知是婴儿不舒服，还是这位妇女怕孩子着凉，包布把孩子裹得紧紧的，连面孔也让人看不见。妇女口中念念有词，似乎是在说给孩子听，但我没听清她说的是些什么。

　　汽车开动了，妇女不由得摇晃了几下，才站稳了脚跟。这时,售票员用她那温柔甜美的嗓音说道:"喂,哪位先生发扬风格,给这位抱孩子的女士让个座!"说完,还用眼睛看了我一下。

说真的,也不是我不肯让座。就在前些天,我学骑摩托车不慎把腿给摔伤了,只得每天一跛一拐地坐车去医院打针换药,现在还没怎么利索呢!

可那售票员见车厢里没动静,便又招呼开了。唉,我只得自认倒霉,强撑着站起来,一副绅士风度的样子,对那妇女说:"请坐在我这里吧!"

那妇女见我腾出座位,哼也没哼,就理直气壮地坐了上去。

我心里像打翻了的醋,滋味实在难受,我用眼睛狠狠地白了那妇女几眼,算是解了心头之怨。可她却没任何反应,继续旁若无人地细声哄着孩子。

突然,只听汽车"嘎——"一个急刹车,我猝不及防,被摔倒在地,摔伤的腿刺骨般疼。大家一见,又是拉又是拽的,我总算是艰难地又重新站起来了。

没料回头一看,那怀抱婴儿的妇女也摔倒了。大家又急忙去搀扶她。我见这妇女就在我身边,便顺手想把她的孩子接过来,谁知我刚把手伸出去,她的孩子竟然从包布里爬了出来。我一看她的孩子,天哪!气得差点骂娘:竟然是一条小狗。

众人一见这种情形,便都驻足不前,鄙夷地看着她在地上挣扎。这时,售票员小姐挤过来,很吃力地把她扶了起来。

眼看售票员小姐又准备把她扶到座位上去,我"腾"地火气就上来了,对着那座位像射机关枪似地一连吐了十几口痰。

我要讨回公道!

售票员小姐立即皱紧眉头,不满地说:"先生,您这样做,是不是太过分了?"

"过分?是她的行为亵渎了我做人的善良。我这还算是便宜了她!"

乘客中有人附和着我说:"说得好! 说得好!"

售票员小姐轻声叹了口气,说:"看来你们都错怪了她。你们没有注意吗? 她双目无神,面容憔悴,长时间自言自语,旁若无人。告诉你们吧,她是一个精神病人。"众人听到这里,都怔住了。

售票员小姐继续说:"几年前,她丈夫下海经商赚了钱,就狠心抛弃了她和不满一周岁的孩子。可怜的是,她孩子不幸感染肺炎,由于送医院不及时,孩子病死了。打那之后,她就精神失常,经常抱着小狗、小猫什么的,当作自己的孩子,要去医院看医生。由于她经常坐我们的早班车到医院门口转一圈,又坐我们的车回家,所以,我们才了解到这一切……"

售票员讲到这里,众人都纷纷站起来,要给那位妇女让座。

我立即抬手制止了大家,又脱下自己的外套,拼命在座位上擦着,一直擦到我认为非常干净了,才扶着那位怀抱"孩子"的妇女又回到座位上。

那位妇女傻傻地望着我,忽然甜甜地笑了;售票员小姐也笑了;我也笑了;车上的人全都笑了。

(刘国祥)

窃书贼

我下岗后和女友开了间"三味书屋",小本经营,盈利也有限。日子久了,我发现了一位奇怪的顾客,他五十上下年纪,花白头发,戴一副高度近视眼镜,一身中山装,虽然袖口有些磨损,但熨烫得极为整洁。他常常倚在角落里,看一本厚厚的书,一站就是个把小时,一连几天都这样。

有一天,那顾客离开后,我把他看的那本书从架上取下来,原来那是《唐音释源》,是批发部搭配来的,一共有两套,每套上、下两册,三十九元六毛,搁了快一年了,一直没有人碰过,没想到现在遇上了知音。为了再证实一下,我特地把书挪到另一个角落。

隔一天,那人又来了,他踱到原来看书的地方,突然愣住了,只见他侧着头,用焦急的目光搜寻着每一排书架,终于他又发现了那本书,急忙走过去把书取下来,惊喜使他的手都在微微颤抖。

接着我又发现了一个秘密:他每次一出店门,便从包里掏出一个笔记本,飞快地记着什么;有时停下来,不住地用指头敲脑门,一脸懊丧之色。我的女友得知后说:"他一定很需要那书,在做记录呢。"我问:"那他为什么不在里边抄?"女友猜测道:"也许是害怕我们说他白看书,上了年纪的知识分子,把面子看得比命都重!"

我灵机一动,说:"这书搁着也是白搁,我们干脆送他吧,对他也许就是帮了大忙……"女友想了想,说:"不行啊,你和他非亲非故,他怎么会接受呢?说不定还以为你是故意羞辱他呢!"

第二天,那顾客又来了,还是站在老地方,深深地埋着头,一动不动地看书。我趁他不注意,取出预先准备好的另一套《唐音释源》,悄悄地塞进他挂在门口的旧挎包。我觉得自己做了一件高尚的事,有点得意,我极想知道他打开包时是一种什么神情,可他看完书走到门口,取下包后并没有打开,就走了。

从此,那顾客再没在店中出现,慢慢地,我也就把这事忘了。

大约过了三四个月,一天,一个面容清瘦的年轻人找到我,我却想不起他是谁。

"我是……"他犹豫了一下,自我介绍道,"我叫周复生,周不凡是我父亲……"他从包中取出两本书,递给我:"你看了书,大概就明白了。"

"《唐音释源》!"我连忙握住他的手,"你父亲——"

周复生显得很悲哀,我注意到他左臂上佩着黑纱,顿时倒抽了一口冷气:"难道他已……"

"是的,他从你的店中偷走书后,良心一直受着谴责,从那以后就病倒了。他身体本来就不好,一星期前去世了……"

我大惊失色:"什么？偷书?"

"这是他留给你的信……"

我一看,信是这样写的:

三味书屋老板:

　　鄙人是一个中学语文教员,平生有一嗜好,专攻古语古音,亦醉亦痴。一日在贵店偶然翻到《唐音释源》一书,爱不释手,只因经济拮据,无力购买,只得偷偷做些笔记,心中已存窃书之念,只是胆小心怯,未敢动手。那日翻开包,竟发现书已藏入其中,回想起来头脑一片空白,想必是利令智昏,慌乱之中不觉做出这等有辱斯文之事,真是万死莫赎。我无脸再见你,死后定让犬子登门赔罪。另有一事相求:鄙人从教三十余载,信奉独善吾身的做人之道,今一念之差,一生清白毁于一旦,万望阁下以仁爱之心,千万不要追查我的单位和住址,保全我身后之名。九泉之下,当铭记厚恩。

　　　　　　　　　　　　　　　　　　周不凡　愧上

　　我的心在颤抖:周先生,该赎罪的是我呀……第二天,我跪在周不凡的灵台前,乞求他老人家在天之灵的宽恕……

　　　　　　　　　　　　　　　　　　　　　　　(戴绍军)

我是安徽人

　　去年暑假，我们几户果农，由常去上海打工做生意的小六子牵头联系，把自己种的金帅苹果装箱后，直运上海去卖。

　　一路上，小六子得意洋洋地向我们传授"经验"："哇，别瞧上海人自以为精明，其实好哄得很，这趟咱到上海卖苹果，我教你们几个耍秤杆的秘招。还有，我先给大家提个醒儿，到了上海，可千万别说自己是安徽人，说江苏人或山东人什么的都行，就是不能说安徽人……"他们几个听得津津有味，可我心里总觉得不是味儿。

　　第二天，我们在上海南汇的一处水果市场卸了货，租了摊位，于是大家穿着短裤，赤着膀子，吆吆喝喝，哼着怪调，卖起苹果来。果然，到摊前买苹果的上海人大都先要问："你是什么地方的?"由于有小六子事先关照,大伙儿便今天"山东人"、明天"江苏人"地胡乱搪塞,小六子教的那几个耍秤杆的秘招,大伙儿也比着耍得欢。瞧,新民用腿在果箱下面轻轻一碰,秤杆儿顿时高翘起来;大黑的秤杆打了蜡,秤砣总是往外滑;小六子更绝,他有一大一小两个秤砣,轮换着用……

我在一旁实在看不下去,这昧心钱赚了心里也不踏实呀,趁没生意的时候,便劝说他们几句。可他们反而讥笑我说:"瞧你,书呆子气又来了,上海人钱票子大大的有,多掏几张有什么关系?"无奈,我只好洁身自好,一是一,二是二,自己决不做昧心事。不过,当买主问我是什么地方人时,我也只有改口道:"山东人。"不然,人家理都不理。唉,都怪安徽人自个把名声弄糟了。

我们几个就这么各卖各的苹果。可是,好景不长,终于有一天,新民的把戏露了底,几个上海人围上来斥责他短斤缺两。闻讯而来的市场管理员没收了他的秤,罚了他的款,最后还一再追问他从哪儿来。新民眼看瞒不下去了,只好吞吞吐吐坦白说:"安……安徽来的。"这下好比捅了马蜂窝,买水果的上海人议论纷纷,说什么的都有,总而言之一句话:"安徽人太坏,以后买苹果可千万别找安徽人!"

事情过后,小六子给大伙儿打气:"别怕,逮住了是他的,逮不住是咱的,外甥打灯笼——照舅(旧)!"小六子真是不撞南墙不回头哇!

一晃半个月过去了,大伏天,太阳热辣辣地晒着,凉棚挡着又有什么用,有的苹果开始腐烂了,我只好一箱子一箱子地检查,发现有坏疤的就往外扔。而小六子他们却把坏苹果塞藏在果箱底里,照旧往外卖。为这,他们半真半假地喊我"老呆先生"。

这天中午,我摊前来了一位慈眉善目的老太太,经过一阵照例的盘问,她要了我两箱苹果,说:"麻烦你帮我送到家,行吗?"

这有什么不可以的？我当然一口答应了。我托小六子替我照看一下摊位，便扛上两箱苹果随老太太走了。老太太家好远，算一算足足有两里路，我扛着苹果累得直喘粗气。哪知到了她家楼前，老太太竟然叫我把苹果箱扛进楼下一家商店里，她要到电子秤上复称。我心里好不窝火：怎么这样不相信人呢？要不是看你年纪大，非吵你几句不可！不过我心里也不由一阵欣喜：幸好没听小六子那一套，不然今天不就捅了娄子？

那老太太别看走路踮踮的，心里可精呢、见苹果分量不缺，又连忙打开果箱，把苹果翻检了一遍，直到确认没有坏苹果后，她才满脸歉意地对我说："真对不起，我还以为你是安徽人呢，我总担心上那些安徽人的当。"当下我只觉得脸上火辣辣的，而老太太却变得热情极了，执意把我让进她家里，从冰箱里拿出果汁饮料，非让我喝下消消热不可。由于惦记着摊位，我收了老太太的苹果钱后，就匆匆告辞了。到了摊位上，我把钱仔细一点数，才发现多出了 10 元，我明白这一定是老太太给我的"辛苦费"，一股说不出的滋味在我心头泛起。

坏掉的苹果越来越多，大伙儿的心悬了起来，都盼着苹果早点脱手。那天中午时分，有一位瘦瘦长长、显得精明能干的中年人来到我的摊位前，挺客气地递给我一支烟，攀谈了几句，便问道："你还有多少苹果？"我说："大概还有四千来斤……"他手一挥："我都要了！"什么？都要了？我简直不敢相信自己的耳朵。

他说："我给你市场最高价，2 元 5 角一公斤，怎么样？"

这可能吗？中年人见我满脸的疑惑，便道出了原委。原来他姓顾，是附近一家阀门厂的总务科长，为了给工人们搞点福利，厂里派他来采购苹果。顾科长在市场上已经转悠几天了，最后看中了我的苹果。

这真是天上掉下个林妹妹，这样的好事哪里寻去？我大喜过望，一笔生意就这样成交了。钱货两讫之后，我忍不住问他道:"顾科长,你为什么单单看中我的苹果呢?"顾科长笑了:"因为你挺诚实的,你不是安徽人,买你的苹果让人放心。而他们,"他指着小六子他们说,"都是安徽人,太滑头!"

我心里不禁觉得好笑,进一步探究道:"顾科长,那你又凭什么认定我不是安徽人呢?"顾科长眨了眨眼睛:"我注意两天了,发现只有你把坏苹果捡出来扔掉,所以嘛,你当然不是安徽人了。"真叫人哭笑不得!

这下轮到小六子他们眼红我了。新民和大黑、二娃他们几个连连抱怨小六子不该教给他们什么秘招,小六子摇晃着头,嘴里咕咕哝哝道:"看不懂,这回真看不懂啦……"

返乡前,不知怎么,我想起了多给我10元钱的那个老太太,我想把钱退回给她,告诉她我就是安徽人,希望她以后别小看我们安徽人了。可转念一想,万一老太太不收这钱怎么办?干脆买两个大西瓜去看望她老人家得了,也算是辞行吧。

敲开了门,那老太太见是我,愣了一下。我忙笑着说明了来意,她显得很激动,拽住我的胳膊,回头朝里间喊:"志华,来客人了,是安徽客人!"

那个叫"志华"的从里间出来了,这下我们都愣了:这志华不是别人,正是阀门厂的顾科长,老太太是他母亲。你说巧也不巧?还是我先开口说道:"顾科长,我是地地道道的安徽人,这下你该明白看错了吧!"

顾科长喃喃道:"不,不,我怎么会看错人呢?你的苹果真甜,真好,一个坏的也没有,你说我看错人了吗?"

故事到此算是结束了。我把它讲出来,只是想在此呼吁我的那些在上海经商打工的老乡们:诚诚实实、毫不掺假地同上海人相处吧!希望有一天,我们能在大上海堂堂正正地说一声:我是安徽人!

(王永坤)

出 乖 露 丑

一切罪恶最初都微不足道,由于相习成风,最后便不可收拾了。

我帮妹妹找工作

转眼过了春节,我的妹妹燕子十八岁了。俗话说:"女大十八变,越变越好看。"妹妹果然出落得越来越漂亮了! 可是,漂亮的妹妹近来却常常发脾气。

那一天刚吃罢晚饭,碗筷都没收拾哩,妹妹突然怒气冲天地朝我和妈妈吼一声:"都怨你们没本事!"吼完,"啪"地一声甩上房门,到里屋睡觉去了。

听着"你们"这个字眼,我的心猛地颤抖了一下,妈妈愁眉苦脸地看着我说:"唉,做父母的谁不为自己的儿女好,可是……你妈谁也不认识,有什么办法? 唉,要是你爸还活着就好了……"

我不敢看妈妈,心里充溢着深深的自责。

当市国税局局长的爸爸因病去世三年了,照顾妈妈和妹妹的责任就落到我这个男子汉身上,可是,一个刚刚大学毕业才踏入社会的青年教师,我能有什么关系网去帮妹妹找个好工作?而没有关系,没有背景,想出人头地又何其难也!就说上个月吧,钢厂职工艺术团要招三个女演员,刚刚从职业中专艺术班毕业的妹妹也参加了角逐,并且在三百多名选手中名列第二。可是谁能想到,没等骄傲的妹妹笑出声来,在随后的面试中她就被刷了下来,理由是演出经验不足。你说,要是我爸爸还活着,这样搪塞市国税局长的女儿,他们敢吗?

我正替妹妹愤愤不平着,妈妈却在边上又嘀咕了一句:"你爸爸活着也没用,那犟脾气,咱家谁能沾上光?"

话是这么说,不过第二天中午,妈妈突然又高兴起来,说是听隔壁王大妈说,市国税局要招聘几名女孩当税法宣传员兼礼仪小姐,条件是中专以上文化,要气质好,素质高,干好了可以转成正式职工。妈妈说,妹妹的条件很适合。

我苦笑着摇摇头:"妈,这样的好事能轮到咱头上吗?"

听我这样说,妈妈的眼神有些迷惘,说:"民子,我也这样想,可人家国税局是政府部门,党政机关总该有些正事儿吧!再说了,我找找你爸爸的老同事,或许这事能成。"

从此,年近花甲的妈妈便整天围着这事转,一向不愿求人、怕看人家脸色的她也开始早出晚归,拎着大包小包地去串门。过了几天,果然有好消息传来,隔壁王大妈像一只报喜的老喜鹊,吵吵嚷嚷着上门来,说:"你家燕子考到税务局了,张榜第一名呢,真不简单!"

"当真?"我且惊且喜地看着站在一边的妹妹。

妹妹一脸平淡地说:"还说不准呢,文化课和表演关都过了,就剩下个月面试了。"

天哪,又是面试!我心里一惊,问妹妹:"燕子,你觉得有把握吗?"

妹妹嘴一撇:"天知道,看谁的后台硬吧。"

王大妈喋喋不休地贴着我耳朵说:"民子,你可要抓紧托人啊,你看你妈,多不容易,把你妹妹安排好,就可以了却你妈的大心事了。要请客送礼,抓紧点儿吧!"

这天晚上,一辈子节俭惯了的妈妈斩钉截铁地说:"明天晚上,咱们在明珠大酒店请人家搓一顿儿!"

我很奇怪,平时掉一个饭粒儿都心疼的妈妈竟会有如此豪奢之举。我问:"请谁啊?"

"你呀!"妈妈的手指头戳到了我的鼻子尖上,"忘了你妹妹的事啦?还得你爸爸原来的老部下帮忙,请国税局的王副局长和孙主任呗!"

夜色将至,八层楼高的明珠大酒店灯火辉煌,妈妈显然是第一次到这么豪华的地方来,一个劲儿地打量着金光灿灿的吊灯和美如天仙的服务小姐。王副局长和孙主任可不管这些,自顾自连连干杯,不大一会儿就喝得满脸通红,眼珠子充血,醉醺醺的,连说话都带着难闻的酒气。

王副局长五十多岁,长得肥头大耳,一双眼皮总是耷拉着,给人一种总也睡不醒的感觉。办公室孙主任则三十出头,长得又高又胖,眼珠子老盯着那些服务小姐转,一副色迷迷的样子,真叫人恶心。

王副局长看来已有七分醉意,舌头有点不打弯儿:"老嫂子,别操心了……燕子招工的事儿包在……我身上了。"

我们要的就是这话!妈妈赶紧连声道谢:"全凭他叔您费心了。"

孙主任这时插话进来,说:"老嫂子,你的事王局长早就吩咐了,再说妹妹又长得那么漂亮……"

"你小子有想法……"王副局长"嘿嘿"地笑起来,指着孙主任的鼻子说,"你瞅哪个漂亮了,啊?"他说到这里哈哈大笑起来,一仰脖灌下一杯酒,开始大发感慨:"唉,现在这世道啊,就他妈这么回事儿! 老嫂子,要是老局长还在,还用得着你四处烧香拜佛吗? 老局长正派得很,五年前我在路边酒店吃饭,就因为和小姐跳了一个舞,老局长让我做了一个星期的检查啊! 嫂子,你说我冤不冤?"

妈妈一听,尴尬地赔着笑脸说:"他就那脾气,您别怪他。"

顿时,席上气氛变得不自然起来。

"好,我不怪他!"王副局长提高了嗓门,"可嫂子你怪他吗? 当了十几年局长,连老婆、孩子都照顾不好,算什么本事?"

妈妈的脸色有点儿难看,说:"他叔,过去了的事儿,就别提它了。"

"好,不提了!"王副局长一摆手,指指站在一旁的服务小姐,"你瞧,难怪人家说呀,七十年代偷着喝,八十年代明着喝,九十年代搂着抱着唱着跳着喝,这样下去,不知以后该怎么喝……喝呢。"

孙主任在一边听得不耐烦了,说:"烦人! 小姐,放音乐,跳舞!"

王副局长又哈哈地笑起来:"怎么样,你整天泡在酒店里,和小姐搂搂抱抱,打情骂俏,可一回到家,孩子哭,老婆闹,鸡飞狗跳……"

"你!"孙主任忍耐不住,终于拍案而起了,"你这个老东西,你还有完没完了? 你以为你屁股干净,上次在宾宾楼……"

"你……"王副局长跳了起来,伸手去抓孙主任,不料正好碰落了小姐手中的酒瓶,"砰"一声清脆的爆响,夹杂着小姐夸张的尖叫,眼看两人要打起来。

我急忙拉仗,可他俩仗着酒劲儿,颇有几分蛮力,好不容易拉开他们,我出了一身的汗……

妈妈早就走到走廊里去了,她的脸色越发难看,一个劲地叹气:"唉,怎么会这样,怎么会这样……"

我心里也嘀咕着:这不是个好兆头。

事情果然不顺利。面试的日期迟迟没有公布,妈妈和我都忐忑不安,只有妹妹沉得住气,仿佛急着找工作的是我们而不是她。

"燕子,"我终于一脸严肃地开了腔,"你也十八岁了,该懂事了。"

"我怎么了? 我不怪你们无能,只怪自己命不好,这还不行吗?"妹妹伶牙俐齿,像机关枪一样"突突突"一梭子,末了扔下一句:"唉,谁叫我投错了胎呢!"

没办法,谁叫她是我妹妹呢! 下午,我又去找王副局长,他正坐在办公室里,面前放一杯清茶,正在聚精会神地看报纸。

一见我,他颓丧地摇着头,说:"贤侄啊,燕子的事儿不是当叔叔的不帮忙,实在是爱莫能助啊。"一边说,一边诡秘地关上房门,凑在我的耳边说,"你找找孙主任去,他是现在国税局局长的外甥……"

我硬着头皮来到二楼办公室,不见孙主任,两个干事一努嘴,说:"孙主任在对面酒店呢,888 号房!"

我只好又来到国税局对面的庆丰大酒店,敲响了 888 号的房门。包间门开了,桌上杯盘狼藉,唯独不见孙主任,沙发扶手上坐着两个浓妆艳抹的小姐。

"请问,孙主任在吗?"我刚一开口,两个小姐"吃吃"地笑起来。

"谁呀?"一个圆滚滚的脑袋从小姐的胳膊下钻出来。另一个小姐马上又抱住了这颗脑袋,在自己胸前摩挲着:"哎呀,求你了哥哥,让我来上班行不行啊?"

"滚!"孙主任火了,一把推开小姐,急咧咧地骂,"谁他妈答应你了,喝酒说的话能算数吗?"他把脸一沉,"撒娇也不看看地方。"说完,他冷冷地仄斜了我一眼,慢条斯理地开了腔:"为你妹妹的事来的吧? 叫她来面试吧。"

"真的?"原本灰心丧气的我简直欣喜若狂了,"什么时候来?"

"现在就来吧。"孙主任看看手表,"快下班儿了。"

两个小姐又"吃吃"地笑起来,其中一个拧了一下孙主任的耳朵,撇着嘴说:"最好是晚上来,好陪孙主任跳舞,是不是啊?孙大公子。"

我有些疑惑和气愤了,问:"怎么回事儿啊? 孙主任,真的现在就面试?"

不料,孙主任被我的问话惹恼了,他突然站起来,一边用力向外推我,一边气急败坏地大声嚷嚷:"走吧,走吧,别在这里啰唆,不放心还来找什么!"

"我只是问问嘛,我……"我根本来不及辩解,人已经被推到了门外。

孙主任连看也不看我一眼,骄横地说:"有能耐就自己找工作,别来求我呀!"随着"砰"一声关门声,我的心一下子掉进了冰窟窿。

正当我要转身离开时,包间里又传出孙主任的声音:"给脸不要脸,什么宝贝啊? 大姑娘有的是,装得黄花闺女似的……还是你厉害,嘻嘻……"

我一下子被激怒了,一个多月来所有的劳顿和压抑在心中的怒火直往脑门儿上冲。我猛地推开房门,拨开两个小姐,一把抓住了孙主任的脖领,怒吼道:"混蛋,你再说一遍!"

对手显然没把我放在眼里,一边竭力挣扎着,一边喘着粗气叫喊:"再说一遍也是,什么稀罕玩意儿……"

他的话没有说完,整个身体便轰然一声随着我的一声吼向后倒去,伴随着这倒地声,还有两个小姐的尖叫声……

　　回家以后,我用严肃而平静的语调讲着事情的经过,妈妈和妹妹都用心听着,沉默着,谁也没有出声。

　　第二天,妹妹仿佛想通了什么,对我说:"哥,别和妈妈为我的事儿操心了,我自己找工作吧!"她的神情,透着一种从未有过的沉着和坚毅,我的眼眶湿润了。

　　妹妹没等我张口,又说:"感谢你呀!哥,你昨天这一拳打倒了孙主任,也打掉了我的虚荣和幻想,打出了我的自信和尊严,我就不信走不好我自己的路。"

　　"太好了!"我激动地握住妹妹的手。

　　真该感谢生活,给了我们永远难忘的一课!我知道,此刻在我们身后,是妈妈深深感慨而又期待的目光……

(刘　民)

玩狗游戏

　　我曾在镇上的金宝利大酒店当过一年的服务生。在那里，我服务过各种酒宴，见识过各色人等，真是"阅尽人间春色"，眼界大开。让我记忆最深的就是我服务过一桌人狗共餐的酒宴。

　　这天晚上，酒店来了一位男客，一看那派头就知道是位款爷。

　　我问："先生，几位？"

　　"两位!"那人边说边坐下来打起了手机："喂，我在金宝利'静雅轩'，快过来，别让我等你。"

　　我一听，就知道这位款爷是在唤"小蜜"之类的人物，否则，两个人一般不包雅座。我最不愿为这类人服务了，一对狗男女在一起为所欲为，肆无忌惮，全然无视别人在场，这对我们服务生无疑是极大的侮辱。

不一会儿,外面过道里传来一阵吵闹声,好像还有几声狗叫。只听我们领班大姐在说:"小姐,酒店里不能带狗进来!"

立刻又传来另一个女人的声音:"你们老板都同意了,关你屁事!"

接着,只见一个穿得很前卫的年轻女子,牵着一只京吧狗出现在静雅轩的门口。

坐在那里的男人一看,哈哈大笑,说:"我听着就是你的声音,真有你的,怎么领着你的狗来赴宴? 我可是请你,没请你的狗哇!"

女人把眼一瞪,说:"你真是狗眼看人低。人是动物,狗也是动物,人享受的,狗为什么就不能享受? 这不是搞种族歧视吗? 告诉你啊,今后不准叫它狗,要叫'宝贝'!"

男人点头哈腰,说:"好好好,我忘了它是你的'心肝'了,反正在你心里,我还不如你的狗……不不不,你这可爱的宝贝! 不过,也真有你的,你怎么把它带进来的?"

女人把嘴一撇,说:"这你还用问,只要有这个,"她扬起手指一捻,"什么事不能做啊! 我扔给老板一张票,算给我的心肝买了张门票,那个臭老板就像狗一样哈着腰让我进来了。"

男人又是哈哈一笑,说:"真是有钱能使鬼推磨! 本来人家今天想你了,想和你单独喝杯酒,不想你把你的宝贝也带来了。好吧,咱俩也不是一天两天了,什么时候不能单独在一起? 我今天难得好心情,不如咱俩玩个游戏,我也唤条狗来,陪陪你的宝贝!"

女人嗔怪地说:"你来陪我的宝贝都不够档次,你还唤条狗来?"

男人忙说:"不不不,我的这条狗可不是一般的狗,要说档次,绝对比我高!"

女人这才来了兴趣,说:"噢,真不知道你还养了一条狗,姑奶奶今天倒要见识见识,你快把它牵来。"

男人立刻转脸对我说:"小姐,改单,改成四位,每人标准200元。"说着,就打起了手机:"喂——"

我马上出来改单。不过我心里挺纳闷:再来一条狗,总得有人牵来,那也只有三个人啊!怎么改单是四位呢?想起这男人说话倒挺有意思,他不是把自己也比作一条狗吗?我不由抿嘴一笑。

说实话,我那时少不更事,改单回来,上前给他们摆碗碟杯筷,就犹豫了,不知摆几副好。

男人看出了我的心思,指指女人带来的那只京吧狗说:"小姐,摆四副,给这位可爱的宝贝也摆一副。"

顾客是上帝,我只好服从,给那只狗也摆了一副。我心里不平,这是为人服务还是为狗服务?

那只京吧狗挺在行,蹲在椅子上,两只前爪伏在餐桌上,守着那一套餐具,伸着舌头"哈哈"地喘气。我心里还在想:那只档次比男人还高的狗将会是什么样子呢?

就在我猜测时,一个人急匆匆地推门进来。我定眼一瞧,不由得大吃一惊,这不是酒店里常来常往的刘县长吗?听人说,这家伙别的本事没有,酒桌上吃吃喝喝挺有一套,把个县政府搞得乌烟瘴气,老百姓背后都骂他"狗屁县长"。此刻,只见他满嘴带着酒气,简直能熏死个人,一定是刚才已经在哪个酒席上先喝了一场。

三个人寒暄着坐下后,刘县长发现他对面坐着一只狗,就问:"噢,这是哪来的宝贝?"

女人马上高兴地说:"还是刘县长有水平,狗不叫狗,叫宝贝。刘县长,我给您介绍一下,这是我的宝贝。"

刘县长哈哈一笑,说:"怪不得这宝贝这么可爱,原来像你一样啊！来，我先敬这宝贝一杯！"

男人和女人都笑了，一齐说："刘县长，还是我们先敬您一杯吧！"

于是，男人和女人开始嘻嘻哈哈地和刘县长推杯换盏起来。男人敬酒时，刘县长还有些推辞，那女人敬酒，刘县长就痛快地喝了。刘县长本来就一身酒气地进来的，此刻又喝得特别高兴，酒意就更浓了。

看着他们喝酒，我还是纳闷：男人说的那条狗怎么还没来呢？

只见他们三个人你来我往之间，女人还没忘了照料她的宝贝，不时插空给狗搛菜。那狗也真像那么回事儿，人模狗样地吃着。

当刘县长又要敬女人酒时，女人忽然娇嗔地说："刘县长不是要敬我的宝贝一杯吗？"

刘县长连忙说："得罪得罪得罪，光想着你这个大宝贝，忘了你的小宝贝了。"说着，他把酒杯敬到对面的狗面前，说："来，可爱的小宝贝，像你的主人一样可爱的小宝贝，咱俩干一杯！"

那狗低低地"嗡"了一声，没动。

男人笑着说："刘县长，和狗，不，和这宝贝不能说人话啊！"

刘县长一拍后脑勺，说："噢，我忘了，人有人言，狗有狗语，这个常识我还是知道的。"

于是，刘县长"汪"了一声，那狗也立即"汪"地顺应了一声。

刘县长笑逐颜开："乖，汪汪，干了它！"说着，一干见底。

那狗也真通人性儿，两只爪子捧着酒杯就舔了起来。

男人和女人兴奋地连连拍着手叫好。

女人酒意盎然地对狗说："宝贝，亲他一下！"

于是，那狗跳下椅子，跑过去，跳到刘县长腿上，把狗嘴伸向了刘县长，刘县长就和那狗亲了一下嘴。

刘县长捧着狗头亲嘴时,男人和女人一直在笑,那笑的表情真没法说。

我说过,我当时少不更事,愚笨得很,直到刘县长说"下面还有一场应酬等着"就走了之后,男人让我买单时,我还傻乎乎地问:"先生,你说的那只狗,我怎么没见来?"

听我这么一说,男人"哈哈"一声仰头大笑起来,笑得连椅子带人仰倒在地上,那女人呢,也笑得直不起腰来。两个人朝我嚷嚷着:"那么……大……大的……一条狗……狗,你……你都看……看不见?哈——"

(孙洪鹏)

夜半出车

　　朋友们都说我不适合开出租车——太爱管闲事。就因为这一点，我出车的时间不少，可挣钱却寥寥。

　　就说那一天晚上，已经半夜十二点多钟了，我还在"皇苑"舞厅门口"兜生意"，只见一男一女正向我的车走来。借着舞厅门前的霓虹灯光，我打量着眼前这对男女。那男的一看便知是个款爷，脸胖得像个把朝上的鸭梨，油光光的头发整齐地向后拢着，下巴连着颈脖，腹部明显地凸出，就像怀孕六个月的女人。他抬手吸烟时，有两道刺眼的亮光闪过，走近后，我看到那是两枚大得惊人的钻戒。相比之下，那女人就朴素多了，一袭天蓝色风衣，领口露着淡黄色的毛衣领，浑身上下竟找不出一点儿金货。更奇怪的是，她脸上没有一丁点儿的涂抹，眉宇间那一抹似有似无的淡淡的忧郁,反倒衬托出一种脱俗不凡的气质。我开了三年的出租,见多了那些大款身边的女人,这种打扮这种气质的女人,还是第一次见到。我不由在心底为她叹息:咋就跟了这么个俗货!

那胖子走到我的车边,拉开车门,让那女人先上车,然后像塞麻袋似的把自己塞了进来,"去'东苑!'"胖子没头没尾地朝我掷过三个字。我知道东苑是新开发的别墅群,在郊外的沙湖边上,住那里的人都是些腰缠万贯的款爷、腕儿。车上公路,我缓缓加速。这时候,沙湖的这条路上根本没有行人,就连车辆都很少,我把车速提到90码。

我一心一意地开车,不过通过车上的后视镜,那对男女的动静我还是觉察到了。胖子不止一次地把肥厚的嘴唇向那女人脸上贴去,但都被那女人推开了,胖子也不恼,依旧笑嘻嘻地涎着脸。倒是那女人,反而一脸的不自在。

一会儿,只听胖子开口了:"阿盈,别这么紧张,别墅里只有两个佣人,我从不让我那黄脸婆去那儿。"

那女人一直不开口。

胖子又说话了:"怎么,想你那穷鬼丈夫?那个无用蛋算什么东西,在那个半死不活的破厂跑供销,一个月的工资还没我下一次饭店给的小费多。"

"别骂他,"女人开口了,"他是个好人。"

胖子呷呷一笑:"好人是好人,可惜呀,没钱,连儿子上个重点中学都负担不起。"

"别说了。"那女人声音大了,口气里明显带着气愤和悲凉。

我不由在心中骂了句:"活该!"

胖子一本正经地说:"阿盈,我告诉你,这年头,就兴一个'钱'字,这年头,谁不盯着钱看!就说开车这小子吧,深更半夜不在家里搂老婆,为啥?还不是一个'钱'字!"

这家伙，居然扯到我的头上来了，我就像吞了一只苍蝇那样恶心。但我忍着，我提高了车速，只想快快把他们送走。

只听那胖子还在滔滔不绝，只是那女的态度很冷淡。

胖子一笑，说："你怎么还是老脾气？想当年，你就是这样不管我的苦苦追求，嫁给了那个穷小子。要知道，我是多么喜欢你呀，尽管晚了十二年，可我还是像以前一样爱你。"

嘿嘿，这对男女，一定是十二年前，这女人曾经拒绝胖子而嫁给了穷小子，并且有了儿子。现在儿子长大了，要进中学了，她家的经济一定很拮据，而胖子这几年财运亨通，所以她为了儿子，求到了胖子头上。这胖子竟乘人之危，真不是个好东西！

我不由为那女人叹息：一个贫穷而又望子成龙心切的母亲，她自己可以忍受贫穷，却不忍心贫穷断送儿子的前程。我开始可怜这个女人，同时也想起自己的妻子，一个一年前曾经让我伤心过的女人，她现在已经离我而去，走的时候，什么原因也没说。我对那胖子厌恶到了极点，我对自己说："不能让这家伙太得意了。"

那胖子又开口催我："喂，开快点！"我咬咬牙，对准离合器，狠狠地把脚闸踩了下去，只听"吱——"刹车片发出一声刺耳的尖叫，车子猛地停了下来。我轻轻说了一句："请你们下车。"

这时，车离东苑实际上还有两公里，黑咕隆咚的。我正是要在这里治治这个家伙，我已经不在乎挣钱不挣钱了。我跳下车，拉开后面的车门，对胖子说："下车，我不想拉你们了，你不是有钱吗？坐你的钱回家吧！"

胖子见我不像开玩笑，有点慌了，口气软了下来："师傅，别开玩笑了，刚才我说了几句冒犯你的话，千万别往心里去。到了'东苑'，我加倍付你的钱。"

我大吼一声："少提你那臭钱。下车！"我这一吼，胖子一点威风也没有了，只好乖乖地下车，那女人也跟了下来。看到胖子灰溜溜的样子,我感到一种报复的快意。我承认,这样做可能与我的职业要求不符,但我无法容忍这种人坐在我的车里胡作非为。

我重又坐回车里。车子启动的时候,不经意间与那女人的目光相遇,我不由心里一动。

我探出头来,对那女人说:"这位女士,我想劝你一句。"那女人把头低了下去。胖子一拉她的手,说:"别听他的,咱们走。"那女人却甩开了他。

我笑了,说:"这位女士,恕我直言,今晚你做了一笔十分亏本的生意。你要知道,如果今晚你跟他去了某个地方,不管出于何种目的,你就已经伤害了你的丈夫。如果你的丈夫是深爱你的,那么你对他的这种伤害就更深……"

"住口,"胖子在一边急了,"不用你多管闲事。"

"多管闲事的是你,我跟这位女士说话,干你屁事?请你不要随便打断我的话,否则别怪我不客气!"我边说边用力拍了下车门。我知道,在金钱不起作用的地方,这种人的胆子最小。果然,他不再说话了。

我继续对那女人说:"就算你丈夫不知道你今夜所为,可是如果你还有良知的话,以后你在你丈夫面前,就会永远有一种愧疚感,这个家伙加在你身上的耻辱,你一辈子都抹不掉。"

胖子沉不住气了,一拉女人的手,说:"阿盈,别理他,这种话谁不会说?"女人再一次甩了他的手。胖子急了:"你……难道你不想让儿子进重点了?"

"你不要乘人之危!"我狠狠瞪了他一眼,又转向这个女人:"这位女士,你觉得用这种方式为你儿子换一个进重点中学的机会值得吗?如果你儿子知道他这个机会是以母亲受辱为代价换来的,那么他会是一种什么心情……"

"别说了!"女人"呜呜"地哭了起来。

　　胖子手足无措，只知道说："阿盈，我有的是钱，放心，不上重点中学，就是上贵族学校，我也出得起。"这家伙，除了钱，不会有什么好主意。

　　我"刷"地推开车门，对那女人说："这位女士，我们不是贵族，就不要奢望贵族享受，凭自己的本事清清白白过一生也不错。现在，我等你十秒钟，如果你上我的车，我会帮你回到你那个可能还亮着灯光的家；如果你想和他同走这一段黑路，那也请便。"

　　胖子急了："阿盈，别走，看，你儿子读书的钱我都带来了，这些都是你的。"他一下子打开手提包，借着月光，我看见里面有成叠的钞票。我不由哈哈大笑，笑声在夜色中远远地传开。这种时候，居然还赤裸裸地卖弄金钱，真是个十足的笨蛋！

　　在我的笑声中，那女人毫不犹豫地上了我的车。我大叫一声"OK"，边发动引擎，边把头伸出窗外，痛痛快快地对着孤零零站着的胖子说："告诉你，这条路上闹鬼，让你的钱和你一起见鬼去吧！"

　　胖子一副哭腔："别走呀……"

　　我才不理他哩，一松离合器，轿车掉了个头，轻快地向市区驶去。

　　车上，那女人一个劲儿说感激的话，可我的思绪却早已飞开去，我心中翻来覆去只想着一个人，那就是我的前妻。当那女人下车又向我连声道谢时，我只喃喃说了一句："为什么我老婆跟人跑的时候，就没有碰上我这样爱管闲事的人呢？"

　　女人一愣，一双眼睛瞪得溜圆。

（孙尊全）

「大师」的杰作

去年深秋的一天，我去拜访一位企业家，他姓崔，是我们县里的商界巨子。我去找他，是想请他慷慨解囊，出资赞助我们文化馆搞一台大型文艺晚会。

老崔正在他那豪华的办公室里忙碌着，对我的来访显得漫不经心，他那年轻的女秘书小苏向他介绍了我后，他眉头皱了皱，问："文化馆的？有什么事啊？"我赶紧婉转地说明来意，请他大力支持。

老崔一听，显得极不耐烦："什么支持不支持？开玩笑！我老崔既不开银行，也不会印钞票，哪会有这么多的钱搞赞助呢？什么文艺晚会，我没兴趣！"说完，他像是忘记了我的存在，自顾自地打起"大哥大"来。

小苏见我十分尴尬，就走到老崔身边，在他的耳朵边讲了几句话，只见老崔眼睛一亮，脸上露出了笑容："哦，你就是倪大师，啊呀，我有眼不识泰山，得罪，得罪，快请坐！"接着，他又大声吩咐小苏给我端饮料。

我重新落座，老崔把"大哥大"一丢，兴冲冲地坐到了我的身边，说："倪大师，早就听说你会看手相，而且很准，今天机会难得，也为我看看吧。"说完，他直通通地把手伸了过来。

对这种势利人，我挺反感，摇摇手说："多谢崔经理夸奖，我根本不是大师，瞎玩玩而已，再说我还得去联系文艺晚会的经费，恕不能从命了。"老崔见我要走，急得一把拦住了去路，连连说："不要急着走嘛，晚会那点经费，我们可以商量嘛。只要你看得准，我绝对不会亏待你。"

大凡有钱人，对命相还真是相信，老崔也不例外。那么，我真有那么大的本事吗？说起来还有一段插曲呢——

我17岁那年，正值众所周知的那个特殊年代。一天，我在一大堆"四旧"物品中发现了一本厚厚的没有封面的书，出于好奇，我悄悄带回家里阅读。这本书是专讲观察掌纹的，说是天底下芸芸众生，各人的命运如何，只需观察掌纹，便可得到答案。书中极为详尽地介绍了观察掌纹的方法。那时，我无书可读又闲得无聊，便把这本书读了又读，直至能够背下来。以后在茶余饭后，兴致所至，为朋友或家人随便看看，逗得大家哈哈一笑，自己也开怀一乐。时间一长，也渐渐积累了些经验，名气也越来越大，有些朋友还专门为我宣传，说我看手相的准确率可达百分之九十以上，于是，找我的人便日渐增多，老崔大概也早有耳闻，所以对我如此信任。

见我犹豫不决，一旁的小苏赶忙过来帮腔："今天机会难得，大家碰在一起，你就给我们崔经理看看嘛。崔经理说话是算数的！"

事已至此,我也不好再拒绝了,于是吩咐老崔去洗手,这是看手相的第一步。这时候的老崔,像个乖孩子,连声答应着:"好的好的,我去洗手。"

待老崔洗净手后,我托起他的左手掌,细细地观察起来。足足看了三分钟,然后,不紧不慢地说:"崔经理,你幼年丧父、少年丧母,有个同胞兄弟,不幸也夭折了……"

老崔惊奇得脱口而出:"这也能看得出来?"一旁的小苏说:"崔经理,她的话十分灵验哩。"老崔连连点头:"好,好,接着看,接着看。"

我于是接着往下说:"崔经理,在你三十岁时,你遭受过一次大难,你为此焦头烂额,几乎倾家荡产,差一点连命也搭上了,幸亏你命大福大,才侥幸逃过了难关……"

老崔迅速地与小苏交换了一下眼色,忽然沉下了脸,"嘿嘿"冷笑几声:"这话就差了,我三十岁时,一帆风顺,平平安安,不要说大难,就连小病小灾也没有一星半点!"

我又认真地看了一遍,脸色也变了:"崔经理,你说的恐怕不是真话吧?"

"我干吗要骗你呢?"

我沉吟着,忽然,一言不发地站起身来,直挺挺地朝外走去。

小苏一把拉住了我:"你怎么啦?要到哪里去?"

我的气不打一处来:"小苏,既然崔经理不相信我,那何必浪费时间呢?其实,不是我吹牛,我可以打包票,我刚才说的话绝不会错!"

老崔早已是满脸笑容:"我刚才是考考你的,其实,你看得很准,我三十岁那年,差一点换了骨头脱了皮啊!"老崔又低声下气地讲了很多好话,我才又坐下来,继续为他看手掌上的"健康线"、"智慧线"、"事业线"……老崔全神贯注,一字不漏地听着我说每一句话,脸色虔诚得像一个小学生。当我看到他的"婚姻线"时,忽然停住了。

老崔正听得津津有味,见我忽地打住,如何肯依?他连声催促:"说呀,接着说呀!"我只得支支吾吾地应付:"这……哎……"老崔似乎意识到了什么,脸色有些发白,说:"看起来,我的婚姻不大妙,是吗?"我双眉紧锁:"岂止是不大妙,是大大不妙呢!崔经理,我不知道该怎么对你说才好。""实话实说!"老崔急着催促道。

我无可奈何地抓抓头皮,开口说道:"崔经理,你的婚姻线,纵横交错、全无经纬,色泽苍白,带有阴影,中间猝然断裂,光秃秃的没有延伸线……"

老崔着急地打断了我的话:"这些我不懂,你就说是怎么一回事吧。"

我可不能立刻说出答案,必须把事情的来龙去脉说清楚,于是我滔滔不绝地说开了。从手相上看,老崔必定中年丧妻,他的第一位妻子死于大病。三年前,他曾经第二次结婚,遗憾的是,后妻对老崔虚情假意,暗地里却另有意中人,花言巧语把老崔的钱骗到手后,便离他而去……

老崔仿佛被击中了要害,他颓然靠在沙发上,我每说一句,他都点下头,看得出,他对我已佩服得五体投地。我继续说道:"崔经理,手相上显示你又有了意中人,不过,你必须慎之又慎,你的第三任妻子决不能是属马的姑娘,否则,这又是一次失败的婚姻,为此,你将付出更加惨重的代价!"

老崔一跃而起,紧张地问:"你是说,属马的姑娘不能和我结婚?"见我点头,他又伸过手来:"你再仔细看看,会不会搞错?"我断然地说:"书上是这样写着的,我决不会看错。不过,崔经理,你也不要太认真,这世界上的事是很复杂的,仅供你参考吧。"老崔双手抱住脑袋,陷入了沉思,直到我起身告辞,他才勉强挤出一丝苦笑,有气无力地挥了挥手。

　　几天后,我又到老崔的公司去,老崔已经答应为文化馆提供一笔赞助款,我前去办理手续。只见老崔的脸色不怎么好,精神也不如上次焕发,他在支票上签了字,又告诉我,那天我看的手相太准了,他的未婚妻恰恰是属马的,他们已经快要登记结婚了,自从那天我为他看了手相后,他再三考虑,还是不敢和命运开玩笑,于是决定忍痛割爱,和未婚妻分手。

　　告别老崔,我飞快地回到文化馆,喜滋滋地给老崔单位的黄菲菲打了个电话,告诉她,她的问题已经解决,从此不用再坐立不安、涕泪交流了。原来,这个黄菲菲是我们文化馆的业余作者,她天生丽质,楚楚动人,是那种令男同胞们看一眼就一辈子也难以忘怀的姑娘。那天她来找我,未曾开口,就热泪长流,说是公司的崔经理对她一见钟情,向她求婚,这使她十分为难,答应吧,自己二十刚出头,崔经理的年龄比她父亲还大,岂不是误了自己的青春;不答应吧,自己今后的处境可想而知。姑娘进退两难,不知该如何做才好。当时,我也无能为力。后来听菲菲说起老崔十分迷信,才想起了自己还有一手"绝技",便向菲菲详细了解了老崔的情况,最后借拉赞助找到了老崔,想不到事情办得如此顺利,三言两句就把他给说信了。这不,我既为黄菲菲解了忧,也为我们文化馆拉来了赞助。

(倪国萍)

领奖奇遇

　　我不知道烧了哪门子高香,爬了十几年的格子没爬出多少铅字,这几年却突然交起了好运,什么征稿信、聘任书和各类改稿会、研讨会、颁奖会的通知,雪片一样地飞来,真叫人眼花缭乱、难以招架。而其中最使人激动不已的是"星球杯"当代文学大奖赛的颁奖会通知,会议在省城锦云宾馆举行,通知上说共收到中国、美国、英国、泰国、新加坡等十几个国家的文学作品两万多篇,看样子还是个国际大奖呢,而我寄去的两篇作品居然双获"星球杯"大奖。我高兴极了,高兴得连自己姓什么都忘了!

　　妻子在一旁撇了撇嘴,说:"哟,看你得意忘形得连老祖宗都忘了!什么这个会、那个会的,我看全是些骗钱的玩意儿!"

　　我说:"你懂个屁!你看这鲜红的国家级印章,你再看这名人的签字,他们会骗我的钱?"

妻子不服气地说:"既然请你去领奖,为什么还要你交钱?哼!现在这年头,除了屠宰场不宰人,哪儿都得小心点!"

我说,不就是交390块钱的会务费吗?可这是天大的荣誉啊,就是砸锅卖铁、倾家荡产,我也要去!

我按照通知上规定的时间,乘车到了省城,找到了锦云宾馆。负责接待的是一位戴眼镜的先生,他的名字叫原子。孔子、孟子、庄子、原子,一听就知道是有学问的人。

原子老师把我安排到302房间,房间里有四张床,靠窗户的一张床上,一位十七八岁的青年,戴一副深度近视眼镜,正像一只大老鼠一样趴在床上,在"啃"金庸的《天龙八部》。原子老师介绍说,他叫高庸,是一位文学新秀,专门写武打小说的。这么小的年纪就写起了武打小说,我不由得肃然起敬。

半夜里,我被一阵急剧的敲门声和不停的咳嗽声吵醒了,睁眼一看,只见门缝里探进一顶狐皮帽子,帽子下面是一张布满皱纹的枣核脸,接着便挤进一副干柴似的身架,套着一身空荡荡的单衣。

那人一边咳嗽,一边颤巍巍地从手提包里摸出两张名片,递给我和高庸。我揉着惺忪的睡眼接过来一看,嗬!上面用烫金的大字醒目地印着"作家"的头衔。我赶紧从床上爬起来,热情地帮老作家铺好床,安顿好了,我才去睡。老作家不住地咳嗽,吵得我翻来覆去睡不着觉。

不知什么时候,我好不容易迷迷糊糊地合上眼,突然被一阵撕心裂肺的惨叫声吓得毛骨悚然,我急忙开了电灯,一看,只见老作家的脸憋成了个紫茄子,张大着嘴巴,只有出的气没有进的气了。

高庸也被吓醒了,我们一看情况不妙,赶紧去找原子老师。原子老师过来一看也吓坏了,赶紧跑到大街上拦了一辆出租车,我们七手八脚地把老作家送到医院里抢救,医生说要是再晚半个小时就没救了。

后来才知道老作家本来就有严重的哮喘病,上火车的时候身上的皮大衣又被小偷给"挤"走了,老作家冒着一路风寒,千里迢迢赶到省城领奖,没想到八字还没见一撇,颁奖会就差点儿开成追悼会。

第二天中午,我们房间里又住进一个人,一碰面我不由大吃一惊:这不是我们县城里卖耗子药的"冬瓜头"吗?只见他穿一件皮尔卡丹夹克,打一条金利来真丝领带,蹬一双锃亮的富贵鸟皮鞋,特大的冬瓜头上扣着一顶精巧的绿色鸭舌帽。

冬瓜头也算是我们县里的一个名人,他脑袋虽大,但人很聪明,刚卖耗子药的时候,拿个哨子放在嘴里"嘿嘿"直吹,赶集的人还以为紧急集合呢,"刷"的一下子围了过来,冬瓜头就乘机推销产品。后来,那些卖耗子药的也学他样吹起了哨子,冬瓜头就弄来一台破唱机,放上电影《霍元甲》里的插曲,"万里长城永不倒,千里黄河水滔滔",赶集的人们就像黄河水一样涌了过来。没多久,冬瓜头又鸟枪换炮,买了个四喇叭的录音机,放上迪斯科录音带,大脑袋一伸一缩,小眼睛一眯一眨,双拳一上一下,两脚一踢一踏,"踢踢踏、踢踢踏"地跳起了抽筋舞,引得里三层、外三层的看客拍掌叫绝,纷纷解囊买药。没过上几年,冬瓜头就"发"了,还成立了耗子药专卖公司,自己出任总经理。可不知道现在怎么又跑到省城来领文学大奖?

我问冬瓜头是不是改行了,他说还做那个生意,他当着高庸的面没好意思说卖耗子药。我又问他跑到这里干什么,他说他也闹不清,看到有个杂志做广告推销那种药,他写了封信联系进货,谁知就收到了领奖通知。他想:反正现在手头有钱了,正好潇洒一回,这不就来了!

真是大千世界无奇不有,卖耗子药的居然应邀来领文学大奖。要不是还有老作家、高庸这样的文坛老将和文学新秀，我真恨不得找个耗子洞钻进去！

老作家出院了，他要我陪着去街上走走。没走出多久，就有人问路："老师傅，去解放大街怎么走？"老作家忽地拉长了枣核脸，说："我是作家，不是老师傅！"问路人呛了一鼻子灰，走了。

我们上了公共汽车，售票员彬彬有礼地说："老师傅，请您买票！"我正要掏钱，谁知老作家理直气壮地说："我们是作家！"售票员惊得目瞪口呆，老半天都没弄清楚作家究竟该不该买票。而更糟糕的是，几乎全车的人都向我们投来了嘲笑的目光，羞得我差点儿没从车窗里跳下去……

我对老作家产生了怀疑，回来以后我就问他是哪个作协的。老作家满肚子不高兴地说："做鞋干什么？我不做鞋，我是专门写文学的！"老作家说着从手提包里拿出一个大布袋，从大布袋里取出一个小塑料袋，从小塑料袋里摸出一个大信封，又从大信封里抽出一个小纸袋，然后才从小纸袋里小心翼翼地捏出一张巴掌大的小报，指着报屁股上的一条表扬稿说："这就是我写的文章！"

我不由得倒吸了一口气，天哪！原来"老作家"连文学是股子气还是股子油都还没弄清楚，就应邀来到省城领文学大奖啦！

第三天便是颁奖大会，会议厅里黑压压地坐满了来自全国各地的领奖者，可就是没有一个"老外"。

首先颁发的是"优秀作品奖"，大会主席宣读到我的名字时，我神采奕奕地走上主席台，接过证书和奖品（两本书），然后等着和大会主席合影留念。谁知大会主席一口气又念了一大串名字，连文学是股子气还是股子油都弄不清楚的那个"老作家"，居然也获得了"优秀作品奖"，羞得我恨不得把脑袋插进裤裆里。

专门写武打小说的高庸，也不过得了个"优秀作品奖"，我打起了抱不平，对他说："你不是有专著吗？怎么才给你优秀奖？"

谁知高庸乐不可支地说:"优秀奖就优秀奖吧! 反正我的武打小说还没写呢!"我一听,差点儿没背过气去。

更叫人意想不到的是:卖耗子药的冬瓜头居然获得了大奖,捧了个金光灿灿的"星球杯",大脑袋一摇一晃,神气活现地走下台来。他见我惊奇地张大着嘴巴,便眨着小眼睛,指了指我手中那两本卖不出去的书,又拍了拍他手中的大奖杯,洋洋得意地说:"怎么,不服气吗? 你那是花三百多块钱的奖,可我这是花了三万块钱的奖啊!"

(金福中)

绑在楼道里的陌生人

　　我这人天生胆小、多疑，属于没事儿不惹事儿，有事儿躲一边的那类人。没想到，怕啥来啥。

　　我家住在五楼，那天中午快 12 点时，我下楼去买东西，"噔噔噔"才下了几级台阶，忽然看到 4 楼楼道拐弯处跪着一个人，此人五大三粗，一脸凶相，正朝我努嘴瞪眼睛呢！我吓得浑身一激灵，不敢往下走了。

　　那大汉的嘴里好像塞了东西，支支吾吾讲不清话。再仔细一看，他的脚上和手上都绑着绳子。我有心过去给他解开，又一想，万一他是假装被绑着，我一过去，他一个鲤鱼打挺把我打倒在地，我不就完了？再看到他身后的 402 室房间门虚掩着，更加重了我的疑虑，因为这户人家早就搬走了，是一处空房，保不准里面藏着几个歹徒做接应呢？

　　我听听四周，中午时分，各家各户都在忙着做饭，楼道里静悄悄的。我不敢轻举妄动了，一转身，就返回了自己家门，觉得还不放心，我又把门锁上了保险。

　　我倚在门边侧耳细听，就听见下面"咿咿呀呀"的声音越来越大，我心里也越来越害怕：要是他见诡计不成，恼羞成怒，和同伙冲上来怎么办？

　　心慌意乱之中，我忽然想到，何不向邻居老何求助呢？他是长途车司机，见多识广，更重要的是他身材魁梧，膀子有我腿粗，就是楼下那家伙想打什么鬼主意，也不一定能敌得过他。

　　我轻轻打开门，走到老何家门口，按响了门铃。

　　"谁？"老何在里面问。

　　"我，邻居……"我明显底气不足，自己都听出声音在发抖。

　　门开了，老何左手拿着一双筷子，嘴里还塞得满满的。他看见我，一愣，用力咽下嘴里的食物，问："什么事？"

　　我忙对他说："楼道里有一个人被捆在那儿！"

　　听了这话，老何走到楼梯旁，探头向下望了一下，然后对我说："别理他，要饭的使的花招！"

　　"可他正好堵在楼梯口，让人上不得下不得，要不，给110打个电话，让他们来处理？"我小心翼翼地建议。

　　"这我就管不着了，你看着办吧。"老何说完，就要往门里进。

　　我忙拦住他："何师傅，我家没安电话，借你家电话用用？"

　　老何一把把我拉过去，小声说："不是我不借给你，你知道现在这世道多乱？打到110的电话号码，电脑都能自动记录，咱们扰了人家的事儿，万一这要饭的跟黑社会有什么瓜葛，到时找上门来，你说我冤不冤？我老婆、孩子都得陪着我担心，我劝你还是别管了。"

　　我只好点点头，心说老何到底岁数比我大，想问题真是周全。

老何一扭身回了屋，我也想赶紧钻到家里，可楼下那人"咿咿呀呀"的声音越来越大，吵得我心惊肉跳的。我想，刚才他已经看到了我的长相，今天要是不能遂了他的心愿，万一将来他带人杀上门来，我的老婆、孩子怎么办？不行，还得打电话，让110巡警把他弄走。

我脚步轻轻，又走到对面敲起了门。

对面住的是一位小学老师，姓申，他打开门后，很有礼貌地问我："你有什么事吗？"

我希望他能听见楼下的声音，可他好像耳朵不好使，一点儿吃惊的表情都没有，我只好对他说："申老师，对不起，我有点急事，想借一下电话。"

申老师热情地说："好！好！请进！"

他把我领到电话机旁边，笑眯眯地看着我。这次我长了个心眼，如果他知道我打的是110，会不会也阻拦呢？于是我冲他不好意思地笑了笑，他明白了，忙说："哦，个人隐私！我不听，你打，你打！"说完，走到另一个屋看电视去了。我赶忙拿起电话，拨通110，报告了情况，然后向申老师致了谢，回到自己家。

5分钟后，楼底下传来了警笛声。接着，我听到楼道里传来纷乱的脚步声，声音在四楼停住了。

我正在犹豫是出去还是不出去呢，楼道里却已经热闹起来了，各家各户的防盗门你开我关，"乒乒乓乓"一阵忙乱，说话声响成一片。这下，我胆子也大了，打开门来到了楼梯口，见已经有不少住户围在那里了，几个警察正站在那人面前。

一个警察威严地问："谁把你绑这儿的？"

那大汉嘴里塞的东西已被民警取出，只见他哭丧着脸说："我也不知道，他们把我骗到屋里，用刀逼住我，然后就把我捆起来了。"

另一个警察给他解绳子，解了半天解不开，说道："真够结实的！谁家有剪子？"

"我家有，我家有！"401室的女主人说着，忙回家去拿了一把剪刀，总算把绳子给剪开了。

那人站了半天也没站起来，一个警察去搀他，几个住户也赶紧上前帮忙。

有人问警察："怎么回事？"

警察说："他的出租车让人给劫了。"

人们听了都啧啧叹息，其中一人说道："大兄弟，你咋不早点喊啊，这楼在市中心，大中午的，谁家没有人？你一喊，谁还不出来看看？吓也得把劫车贼吓跑了！"

又有一个人说："瞧瞧现在这世道，光天化日底下也敢明抢呀？逮住这帮劫车的，一个别留，全毙了！"

那被劫的司机不知是吓的还是气的，只是浑身不住地哆嗦，这么大的一个汉子，眼睛里还噙着泪。

我背上冷汗也下来了，赶忙低下头，不敢拿正眼瞧他。

好半天，那人才定下神来，断断续续地说出了事情的原委。

原来，这个被绑的人是县里的一个出租车司机，对市里的情况不熟悉。估计一个劫车团伙预先租了这楼的402房间，埋伏在里面，设好了套，然后派一个人到县里租了他的车，谎称回市里，谈妥价钱后就直奔这里。等到了楼下，那人谎称去家里取钱，让司机跟着上来。大中午的，又是在家属院，谁能想到那个"家"其实只是一处空房？那司机毫无防备跟上来了，谁知一进屋，几个大汉一起下手，将他五花大绑，嘴里塞了块破布，就丢在了房间里，然后开着他的车扬长而去。这司机使劲挣扎着到了门外，身上的绳子却被门口一截水管给钩住了。这下，跑又跑不了，叫又叫不出，一直等到警察来救他。据说，他挣扎出门时是12点整，那时，几个劫车的家伙才走了约摸二三分钟。

听到这里,我的心"别"的一跳。这就是说,我看到他的时候,罪犯们才刚刚走了五六分钟,连市区都还没有出去,要是马上报警的话,兴许就能抓住他们了。唉,瞧我的胆儿!

这时,大伙儿聚在楼道里,纷纷发表自己的意见,为刑警们出谋划策,分析案情。我一眼看见老何,挤在人群中,挥动着双手,唾沫星子横飞,一脸正义凛然的样子……

(武爱民)

爱 河 漩 涡

互相信赖、尊重、真诚相待——这才是真正爱情赖以建立的基础。

初　　恋

　　我的初恋故事，是由我的同事小吴一手炮制的。

　　那是我大学毕业分到这个小城火车站的第二年。这天，同事小吴到我宿舍闲聊，随口问我："有对象没，老家没给你定下？"我摇摇头。他又问："那你心里有谱没有？"其实我心里倒是刚刚相中一个，可还没跟对方提起，不知人家心里咋个想，所以就没好意思对小吴说。小吴见我支支吾吾的样子，眨巴眨巴眼睛，"扑哧"笑出了声。他瞥我一眼，说："老兄，你瞒不过我，你是看上陈雯了吧？别以为我看不出来。"

　　小吴是我在单位里最好的朋友，讲义气，又挺能干，虽只比我大一岁，却比我老练成熟得多，所以平时碰到什么事拿不下主意的时候，我总喜欢找他商量。可如今这事八字还没一撇，叫我怎么开口呢？况且，这心里的秘密其实并没藏多久，可现在被小吴一下就点破了，我只觉得脸发烧。

说起这陈雯，是我们铁路车站的车号员，一米六二的身材，唇红齿白，杏眼柳眉，那动人的模样，那文静的气质，我每一次看到她，心里就会涌起一阵莫名的冲动。鬼知道我这心思向谁都没敢透露过，怎么小吴就给猜着了？

小吴见我不置可否，便收起笑脸，一本正经地说："没见你和她来往过，大概还只是单相思吧？这事有点难，追她的人怕有一个'团'呢！"小吴说难，可见这事没"戏"唱了，我心里立刻凉了半截，只好自我解嘲地朝他摇摇头，说："本来嘛，这事儿我也没作什么指望。"

大概是当时我的样子挺沮丧，小吴在一边就给我打气说："你呀，咋几句话就吓回去了？上，凭什么你就追不过人家？堂堂男子汉大丈夫，何况还是名牌大学来的哩！"

小吴一提"名牌大学"四个字，我倒好像觉得腰板一下子又硬了起来。是呀，单位里虽说大学生不少，可名牌大学出来的，倒是只有我一个，小吴还挺会发掘我的优势哩！

不过，我得意了不到一分钟，小吴又开口了："老兄，这陈雯傲得吓人，我看不巧追是不行的！"听他这口气，我心里一激灵，赶紧说："小吴，我这人没用，见了丫头手心就出汗，这'巧追'怎么个追法，你教教我。"

小吴善解人意地朝我扮了个鬼脸，说："人家都说，谈恋爱有一半是和丈母娘谈的，挑女婿一般都是当妈的说了算，丈母娘喜欢上了你，这事儿就有谱了。依我看，你得先和陈雯她妈套近乎，至于陈雯，倒不如先把她晾在一边。这种事心急不得，你越讨好她，她就越是傲气十足，索性先给她来个冷处理，等她妈那一关攻破了，嘿嘿，到时候她妈还会帮你说话哩！"

这一招真是绝！我感激地拍拍小吴的肩，有这样的同事给我出主意,我顿时勇气倍增。这一晚,我兴奋地躺在床上,翻来覆去没睡着,越想越觉得陈雯做我的妻子,只是一个时间问题了。

第二天下班,我正拿不定主意该不该上机务段去,因为陈雯妈是机务段的会计,小吴却又找上门来。他一把拉住我,说:"陈雯妈想买一块精纺东方呢料子,这东西眼下市场上很抢手,我给你搞来了,你快送去。"这正是巧到家了,小吴咋么能摸透我的心思?我也不管三七二十一,接过布料,二话不说就朝机务段跑。

陈雯妈姓易,其实她们一家子都在铁路上工作,大家平时都是认识的。见了面,我说:"易会计,人家送我一块布料,我一个单身汉拿着没用,听说您正需要,就让给您吧!"其实我这个人平时不会跟人家套近乎,可这不高明的谎话竟然使陈雯妈十分欢喜。临走,她一再对我说:"有空下次到我家去玩啰!"一块布料就换来个"下次到她家去玩"的邀请,我自然兴奋不已。

过了几天,我果真上陈雯家去了,不过不是去玩。那时,小城还没有煤气,家家户户烧的煤都靠从店里买回来,这买煤可是一个苦脏累的活儿。小吴打听到陈雯家没几坨煤了,便对陈雯妈说:"易会计,我找个人来给您送煤!"陈雯妈当然高兴,不过她原以为小吴找的是煤场的搬运工,一看是我,既意外又感动。可她哪里知道,其实,这车煤是小吴带一帮子人买好,一直拉到靠陈雯家的拐弯处才交给我的。小吴帮我真是帮到家了,当时我真不知道怎么感激他才好!俗话说:"一堵篱笆三个桩,一个好汉三人帮。"有这么个兄弟贴心相助,天下难道还会有攻不下来的丈母娘?我的信心更足啦!

这天,小吴一个朋友给我们送来一条重要信息:陈雯妈早年读过一年局职工大学的中文班,这说明她对文学是感兴趣的。信息一到,小吴又忙开了,他从几个朋友处收了一大摞书来,都是外国文学名著,让我好好看看。周围人搞不懂我这个学理科的人怎么忽然对文科发生了兴趣,还以为我想考文学博士呢,他们哪里知道,其实我不过是想考个"驸马"而已。

这一招果然灵。立刻,我与陈雯妈有了说不完的话题,上她家的次数也开始多了起来,有时候聊得时间长了,陈雯妈干脆留我吃饭,这正中我的下怀。不过,我对陈雯并不多话,按小吴的指点,我应该比她更傲,于是陈雯招呼我时,我便极力控制住我那炽热的情感,不失风度地朝她微微点头而已,不敢多说什么。

就这样,打了三个月的"攻坚战"。那天刚下班,陈雯妈不知从哪里闪了出来,递给我一套毛衣毛裤,说是特地为我赶织出来的。刹那间,我真是感到欣喜若狂,我有了一种已经拿到"入场券"的快感,三个月的辛苦总算没有白费,于是,我朝陈雯家跑得更勤了。一切都按小吴原先计划的进行,小吴得意极了,好像显得比我还高兴。

谁知,就在这时,事情却急转直下。这天,小吴悄悄来问我:"你丈母娘病了,知道不?"这一提,我才想起近来陈雯妈脸色是不大好,饭量也减了许多。小吴递给我一个红纸包,说:"医生给她开的方子里,缺一味藏红花主药,即使买到,本地的也很差,我这是托人搞的西藏产的正宗货,你赶紧送去。"

我一听,心里也很急,接过红纸包就跑到陈雯家里,果然陈雯妈躺在床上。当我把这个小纸包交给她时,她紧紧握住我的手,那激动的样子,弄得我怪不好意思的,我连忙说单位还有事,就抽身跑了。

第二天,我们主任把我叫去。一进屋,我就吃了一惊,主任旁边坐着陈雯的爸爸,对我怒目而视。我招呼一声:"陈伯伯。"他一扭头,根本不理我。

主任朝我点点头,说:"小沈,最近你常去易会计家?"我一听,这话的味道有点不对头,不过还是点了点头。

"你和易会计的关系十分密切?"这话是什么意思?尽管主任说得很含蓄,很客气,我却感到像五雷轰顶一样,惊呆在那里。

这真是天大的笑话!我涨红了脸,结结巴巴地分辩道:"我……我只是想和陈雯谈……"

"扯淡!"陈雯爸爸在一边满脸怒容地打断我,"我问你,你来我家这么多次,你和陈雯说过几句话?你这完全是欺人之谈。"

"你……"我急得大叫起来,"陈伯伯,你误会了,这怎么可能呢?易会计大我二十多岁呢!"

不料,早已有准备的陈雯爸爸猛地从口袋里掏出两张报纸,摔在桌子上:"大二十多岁又怎么样,你看人家一个四川大学生,找了个比他大三十多岁可以做他妈的老婆;兰州一个大学生,和一个拖儿带女的寡妇结婚。你们年轻人做这种事,早没有年龄的顾忌了!"

我万分惊讶。看来,陈雯爸爸对我的误会不是一天两天了,可我竟然一直蒙在鼓里。不过,我心里没鬼,所以什么也不怕。我理直气壮地说:"我和易会计来往是很平常的,不信你可以去调查。"

"平常?"陈雯爸爸狠狠地瞥了我一眼,愤愤不平地说:"今天当着主任的面,咱们来说说这些事到底平常不平常。你和我老婆一谈就是几个小时,有说有笑开心得要死,我们结婚二十多年,还从来没有谈得这样投机过;还有,我讲了许多次要一身毛衣,可她深更半夜织的毛衣、毛裤却穿到你身上去了;更有甚者,我老婆最近得了妇女病,对外瞒得很紧,你怎么知道的?这藏红花可是铁证。我昨晚一夜没睡,越想越不对劲,翻出她的日记来看,大吃一惊,她对你的印象好到可怕的程度。我敢说,只要我和她分手,她会立刻嫁给你。"

陈雯爸爸越说越激动,可我的头皮却一阵阵发麻,心"咚咚咚"地跳个不停,我只不过照小吴指点的去做,想不到却稀里糊涂跌进了是非坑里,我好冤枉啊!

我必须为自己澄清事实!我想了想,便对陈雯爸爸说:"陈伯伯,请问,你能拿得出我越轨行为的直接证据吗?"

陈雯爸爸鼻子一哼:"你别以为自己做得聪明,现在没有,不等于就是没有,至少你现在已经完全占据了我老婆的心,就是铁的事实。"

我心底泛起一阵悲哀。

幸好单位上上下下对我的印象不错,事态没有进一步扩大与恶化,但小吴的第二步方案显然是不能执行下去了。退一步说,就是陈雯嫁给了我,我以后在这个家庭乃至单位里的位置,也是尴尬的。我必须拒绝丈母娘对我的疼爱,保持距离,避免丈人对我的疑心。这算怎么回事?于是,我找了个借口,不顾小吴的激烈反对,调出了这个单位。

我的初恋,就在伤感与尴尬的失败中结束了。

(沈　向)

结婚变奏曲

那天，我正在学校里给学生上课，家中来人把我喊了回去，到家才知道是叫我结婚，婚期就定在第二天。我觉得挺突然，但我知道这是父母的一片苦心，便点头答应了。

我的对象名叫李桂花，比我小两岁，住在离我家十里之外的李家寨。早在我八九岁时，两家父母关系挺不错，就自作主张给我俩定下了娃娃亲。在我上中学三年级时，桂花也考进了那所中学。不知怎么，这事儿被同学们知道了，当面背地里起哄，叫我俩"小两口"，常常羞得我们无地自容，两个人别说说话了，就是见了面也防贼似地躲着走。后来我考上了县城高中，高中毕业后又考上了地区师专，一个月前，从师专毕业在一所中学当老师，而桂花中学毕业后很快就被供销社办的轧花厂招了工。于是,我俩往来更少了,逢年过节碰到一块儿,总感到脸热脖子硬,羞答答地说不上几句话。

两家父母见我毕业分配了工作,我俩年龄也大了,便又自做主张为我俩张罗起婚事来,我就这样晕晕乎乎地当起了新郎。

记得结婚这天,我家格外热闹,来贺喜的亲朋好友坐了满满一屋子,酒席摆了好多桌,父母忙里忙外,笑得嘴都合不拢。中午,喜车来了,只见桂花被几个伴娘簇拥着下了车,我忙上前搀着她进屋拜堂。这么多年了,我还是第一次握桂花的手,激动得心里"咚咚"直跳。我想她一定和我一样,心里挺激动吧,不由偷眼瞧她一眼,却发现她表情木然,面孔绷得紧紧的。这是咋回事?莫非她怪我结婚大事事先不和她商量?可我也是昨天才刚刚知道的呀!我在心里暗暗对自己说:"晚上再好好向她解释清楚。"于是拜完堂,便和父母一起忙着去招呼亲朋好友了。

晚上,应酬完了最后一批喝喜酒的客人,我带着一身疲乏走进了父母为我们装饰一新的套房。关上门,一转身,只见里间柔和的灯光下,桂花低着头斜坐在床上,秀颀的身影显得那么温柔娴静。这是一盏用煤油点燃的罩子灯,尽管我们家乡电网四通八达,可父母还是愿意按着旧俗,特地在我们新婚第一夜点上这盏灯,祝福我们新婚燕尔,白头偕老。

此刻,我的心中涌起一阵幸福的悸动,我轻轻对桂花说:"桂花,不早了,该歇歇了。"

桂花慢慢抬起头,啊,竟是满脸的泪水!我大吃一惊:"你、你怎么了?"我突然想起她白天拜堂时那张木然的表情,"莫非你还在生我的气?"

"你、你欺负了我!"桂花眼中泪花直闪,"我问你,你要同我结婚,征得我同意了吗?你啥时候向我求过婚?"

果然,我猜得不错!我忙向她解释道:"桂花,我们结婚确实突然,我事先也一点儿都不知道,还是父母昨天派人把我从学校里叫回来的。不过,话说回来,咱俩的娃娃亲,可是早就订下的呀,只不过彼此心照不宣罢了。"

"好个心照不宣!"桂花颤声说道,"我问你,咱俩啥时候照过心?除了知道我的名字叫李桂花之外,你还了解我什么?"

桂花的诘问使我哑口无言。确实,我们除了羞涩、尴尬、彼此躲闪或者偶尔客套几句之外,谈得上什么互相了解呢?

新房里一片沉寂,桂花伏在枕巾上啜泣,肩膀微微抖动。一丝不祥的预感从我心头掠过:难道她……我只觉得喉咙里干渴得难受异常,费了好大劲,才嘶哑着嗓子说:"桂花,你、你有什么难心事,就直说了吧。"

桂花停止了哭泣,抬起头,一边擦拭着满脸泪痕,一边向我述说了事情的始末……

今年初夏,桂花考上了职工夜大学,同本厂一个姓杨的青工常在一块儿研讨学习中遇到的难题,时间一长,两人交往逐渐增多,不知不觉中便产生了感情。一个星期前,两人正商量着准备向家中摊牌,突然厂里派那小伙子出了趟远差,少说也得半个月才能回来。而恰恰就在这个时候,桂花爹来到厂里,催她请假回家结婚。众目睽睽之下,桂花实在难以开口……

天哪!犹如兜头泼了一桶冷水,我心里一片冰凉,过去只在小说或电影中见过的所谓婚变,竟然发生在我的头上了!我感到惶恐、愤懑、屈辱,胸口似堵了棉花团一般难受,一种被背叛的感觉紧紧攫住了我的心灵。我想我当时的脸色一定扭曲得可怕。

桂花先是吃惊,而后竟用坚定的目光直对住我。她说:"坤哥,我知道我这样做情理上对不起你,我后悔没早一点把这事告诉你,给你和咱两家老人带来了大麻烦,我实在不知道父母这么急就替我们操办婚事。原谅我,坤哥,我对你实在了解得太少,感情上无法接受你啊……"

我强压住胸中的怨愤，问她："那你说，事情到了这地步，你打算怎么办？"

"坤哥，我只希望你能理解我，理解我的苦衷，别、别强逼着我……咱们最好……还是分手吧。"桂花哽咽着，泪水又溢满了她的眼眶。

可是，我的愤怒终于像火山岩浆般喷发了，我朝着她咆哮起来："你知道为了我的婚事，我父母费了多少心事？花了多少钱？难道你不明白这样做对他们是多么大的打击吗？难道你不明白这样做会使我以后难以做人吗？你吃了灯草灰？说得倒轻巧！"

桂花哭得更厉害了。

窗外有人叽叽咕咕，那是听新房的人在议论。活该着丢人现世！我的无名怒火一蹿几丈高，端起一盆洗脸水，猛地拉开房门，"哗——"泼了出去。"啊哟"几声惊叫，那些人吓得翻过墙头逃之夭夭了。

我索性走到院子里，透透憋在心中的怨气。被浮云遮住了的月光蒙蒙胧胧，院墙显得分外高大，那些不知名的秋虫在黑魆魆的墙角草丛间低声吟唱，使小院更显得静谧，桂花的哭声从房中隐隐约约地传来。

一阵清凉的夜风透着几丝寒意吹来，我发胀的头脑清醒了些，绕着院中那几棵梧桐树，我踱开了方步……是啊，细细想来，桂花说得对，我俩除了知道彼此的姓名之外，从没有过思想上的交流，感情上的通融，就连青梅竹马也谈不上。反躬自思，都九十年代的青年了，竟然对自己的婚姻大事也囿于陈腐的"父母之命，媒妁之言"，我觉得自己的脸直发烫……再退一步讲，就算今天我俩捆绑成夫妻，强扭的瓜儿能甜吗？

不知过了多少时候，月亮终于从浮云中挣脱出来，清辉遍洒小院。我揉着发痛的太阳穴，心里似乎亮堂了许多：与其两人都痛苦，还不如让我一个人把这杯苦酒喝下去。

　　我重又走进房里,桂花正呆呆地坐在灯下。我深吸一口气,故作平静地对桂花说:"桂花,看来我们结婚确实是场错误,我、我祝福你们。我对你只有一个要求,希望你明天向我父母问安好时,能让他们感到高兴,容我几天时间慢慢劝导他们,到那时咱们再分手不迟。"说到最后几句,我不禁有点语塞,匆匆卷了一条被子,熄灭了那盏本来就不该点燃的罩子灯,带上里间的门把手,在外面沙发上躺了下来,用被子蒙上了头。

　　第二天清早我醒来时,橘红色的阳光正透过窗玻璃照在新颖锃亮的家具上,整个房间亮晃晃的。我发现自己身上不知什么时候多了一条毯子,哦,这一定是桂花……我抬起头,只见桂花侧对着我,正聚精会神地在替我缝那件西装纽扣,那是昨天被闹新房的人撕扯下来的。一股暖流刚刚涌起,可一看见她那晶亮的明眸,微微皱起的鼻翼,更多的酸涩又在我心中泛溢开来。

　　记不起那天清早我是怎样过来的了。吃过早饭,我推了辆自行车,在父母喜滋滋的注视下,载了桂花驶出村口,按习俗送她回门去。

　　一路上,我们两人谁也没说一句话。到了李家寨外,桂花下了车,红着脸说:"坤哥,你是个好人,我永远都不会忘记你……"不要听,不要听!我扭转车把,磕磕绊绊往回骑。

　　以后的几天里,我吃饭饭不香,喝茶茶不甜,干活更是懒得无力气,这样的日子真是嚼不出味道来。转眼间婚假就要过去了,桂花仍一去黄鹤无消息。也许是听到了什么风声,也许是看出了什么苗头,我的父母也不安起来。我咬了咬牙,一天早饭后,原原本本地把事情的始末告诉了他们。我父母都是老实本分的农民,一听这事慌乱得不知如何是好,最后还是母亲有点主见,把我的大叔和二叔悄悄叫到家里来,商量这事该怎么办。

　　我二叔是杀猪剥牛的屠夫,一身横肉,满脸虬须。他一听气坏了,向我环眼一瞪道:"我们王家怎么出了你这个草鸡?那天说什么也不能饶了她,你竟然还乖乖地放她走,真是没用,我看你是读书读糊涂了脑子。你看我家你狗剩哥,我花四千元钱给他买来个四川蛮子妮,起先也哭哭啼啼不愿在咱们过,妈妈的,叫你狗剩哥一顿好打,再也不敢闹回老家的事了,如今不也生了两个娃?"

二叔唾沫四溅地还要说下去,被大叔摆手制止了:"过去了的事别再提,关键是咱们现在该怎么办?"

二叔撇撇嘴:"这还不是秃子头上的虱子——明摆着,咱不能容她一个妮子在咱头上拉屎,我们弟兄仨,加上堂兄弟和满十八岁的侄辈们,操起家伙到李家寨去把她架回来,我倒要看看她有多大的能耐!"

大叔识几个字,当过两年的老"民办",一听二叔这话就摇头:"你这法子不行,蛮干是要犯王法的。"

他转头对我说,"大侄子,现在就凭你一句话了。如果你还打算同桂花把日子过下去,大叔我有个法子;如果不打算过了,我也有个法子。"

父母都紧张地望着我,我坚决地摇头道:"这日子,不过了!"

父母一听灰了脸,二叔更是气得把脸别往一边。大叔"嗯"了一声,细眯了小眼,说:"不过了也好,但咱不能让她白捡个便宜,她不是有嫁妆什么的在咱家吗? 差人叫她来拉走,到那时,咱再叫几个侄辈把她的那些东西砸个稀烂,让她把这丢人的名声传得远远的!"

父亲慌了,连说:"使不得,使不得,这伤天害理的事咱莫做!"

二叔冲着父亲就嚷:"大哥,伸头一刀,缩头还是一刀,这就由不得你了!"

眼看一场闯天大祸就在眼前,我脑子里的弦都绷紧了,鼓足勇气说:"大叔,二叔,我自己的事情我自己做主,这事不用你们插手。"

我又瞪了二叔一眼："至于桂花的嫁妆,谁敢动一手指头,我回来同他没完!"

说罢,我推上自行车,出了院门。

父亲追出来,不放心地问道:"你到哪里去?"

我朝父亲摆摆手:"去李家寨。爹,你不要担心,天塌不下来。"一路上,我暗暗下定决心,这回说什么也要把这事了结,两个人体体面面地分手。

到了桂花家,桂花还没下班回来,李老伯和李伯母待我热情极了,又是炒菜,又是张罗酒的,看来桂花还没把这变故捅给他们呢。想到过一会儿他们知道了事情真相,该多么伤心啊,我好不愧疚,便要下厨房帮忙。李伯母说什么也不让我搭手,她硬把我推到桂花的闺房歇息。

我只好在桂花闺房中那张小桌前坐下来。无意中,我看到桂花那个姓杨的小伙子给桂花的一封信,他大骂桂花水性扬花,还发誓两人从此一刀两断……哦,看来一定是这个姓杨的小伙子出差回来后,得知桂花和我拜堂,便误以为我们……

我正捧着信纸发怔,门帘一闪,桂花回来了,只见她脸容憔悴了许多,黑白分明的眼睛显得更大了。见了我,她略感意外:"哦,坤哥,是你……"

我忙说:"真对不起,无意中私看了你的信,我去向他解释清楚。"

"不用了,坤哥,谢谢你的好意。我没有想到他心胸如此狭窄,感情这么自私,我和他已经……一刀两断了。"桂花说着,把那封信撕成了碎片。

一时,我茫然无措,不知所云。

倒是桂花,咬着发梢对我说:"坤哥,真对不起你,你是个好人,可我却害得你以后找对象都为难。我把咱俩的事对我的好友彩霞讲了,她夸你心眼好,人厚道,看来她对你挺有好感。彩霞是个好姑娘,人也长得秀气,我觉得你们挺合适……"

天哪!桂花竟然给我当起了红娘!我的心中翻起了滚滚波涛:多好的姑娘啊,此刻,她自己经受着失恋的打击,却还在为我着想……刹那间,一个念头闪现在我脑子里:最值得爱的人就在我身边!珍贵的爱情就在眼前!

形势急转直下,小屋里的空气变得热烈起来,我冲动地攥住桂花的手说:"桂花,别提什么彩霞不彩霞,现在让我们好好谈谈我们自己,行吗?"

两片红云飞上了桂花的脸颊,她想把手抽回去,喃喃道:"不,我……"

可我却死死不放。我不顾一切地大叫起来:"不什么?难道你还要说你一点也不了解我吗?你已经两次夸我是好人了呀!让我们像喜旺和李双双那样,先结婚后恋爱,好吗?"

记不清那顿饭吃了些什么菜,只记得我一杯又一杯地喝了好多好多酒,这才是真正的喜酒啊!只记得桂花羞红了的俊美脸庞,还有那闪亮的明眸!只记得饭后,桂花坐在我的自行车后架上,回家去的路上,我们说了好多好多悄悄话……

(王永坤)

风雨中的柔情

多年前,我作为一名下乡干部来到离县城 60 里远的徐家村蹲点扶贫。到达村部,与村干部彼此见了面,村支书老严先把全村的情况大致介绍了一下,接着就安排我到村民小组长李木旺家搭伙,还说他家的房子比较宽敞,叫我干脆就住那儿。

李木旺的家离村部不到 200 米,上一道岭、下一条坡就到了。一架七成新的砖瓦房坐北面南地坐落在一片荒地上,门前是一弯丈把宽的小溪,房子周围种满了橘、桃、李等果树,房后面长着一蓬翠绿的竹林。走进院子,台阶上一位五十来岁的汉子立即满腔热情地迎上来,招呼大家屋里坐,随后握住我的手说:"你就是县里来的夏同志吧?今后我们是一家人哩。"

吃午饭的时间到了,村干部和我都落了座。这天正好是李木旺50岁生日,桌子上七碗八碟的还算丰盛。正吃着,我忽然发现房门口有一位二十来岁的少女,躲在门口目不转睛地往我这边看。这女孩五官清秀,皮肤白皙,一袭红衣楚楚动人,唯觉遗憾的是那眼神有些呆滞。那女孩是谁? 正想着,李木旺手捧菜盒走了进来。放下盒子后,他一把拉过那女孩,低声说:"花儿,到你娘那去,你娘叫你呢。"那少女扭扭捏捏的,很不情愿地走了。

当晚,我就搬进了李木旺家,住的正是中午吃饭的西厢房。就寝前,我点上一支烟,凑着昏黄的灯光翻阅着一本书。突然,房门"吱呀"一声被轻轻地推开了,一个娇小的身影走了进来,我抬眼一看,正是中午见到的那个叫"花儿"的女孩,忙起身冲她客气地问:"你——还没休息?"那女孩定定地看着我,好一会儿,轻轻地说:"没哩。"随后,在我床前的椅子上坐了下来。我见状,只好放下书本,移身坐到床沿上。正想问话时,李木旺来了,他一把拉住女孩的手说:"花儿,客人累了,别妨碍人家休息,你娘叫你哩。"花儿用力一甩手说:"不哩。我要和文哥说话哩。我文哥好久没来了,我要和他说话哩。"

文哥? 文哥是谁?! 我惘然地望着眼前的父女俩。

李木旺一脸尴尬,又拉起花儿的手,加大了声音说:"花儿,这不是你文哥,他是县里来的干部。快回房间去,你娘叫你哩。"花儿一边挣扎,一边叫道:"他是文哥,就是文哥。"花儿娘闻声走进来,一同拉扯赖着不动的花儿,哄劝说:"花儿听话。这不是文哥,不是哩。"花儿叫道:"是,他就是文哥。以前文哥也戴着这样的眼镜,也爱看书。他就是我文哥。文哥,你说话呀! 我是花儿,我好想你啊!"

李木旺夫妻俩见花儿越闹越不像话了,便连拖带哄地架起花儿往外走,一边说:"好好,他是文哥,是文哥。花儿呀,你文哥累了,别扰了他休息,有话明天再跟你文哥讲,好吗? 要不,你文哥要生气不理你的!"花儿一听这话,立即就静了下来,转过脸对我说:"文哥,我不闹了,你别生气啊? 我不闹了,我走。"

望着三个相拥而去的身影,我好像明白了什么,可又好像什么也不明白……正在这时候,李木旺叹着气来到我面前,抱歉地说:"刚才没吓着你吧,夏同志? 我这女儿,唉——"他一屁股坐在床沿上,不停地搓着手。

我递过一支烟,为他点上火,探问道:"李大伯,花儿怎么啦?"

李木旺深深地吸了几口烟,沉默了许久,望着我说:"花儿疯了两年了。"接着便断断续续地向我讲起了花儿的事情。

三年前,徐家村来了一批地质队员,在这里作地质勘探。不久,有个叫王文的年轻人不幸患了肺病,地质队领导考虑到他住帐篷不便,就和村干部商量,把他安顿到李木旺家养病。那时,花儿正好高考名落孙山,在家帮母亲做些家务活儿,心情很苦闷,王文这一来,气氛就两样了。王文是个大学生,外面的世界懂得很多,他鼓动花儿温习功课,准备再去考大学。花儿呢,一边读书,一边帮王文熬药,并想方设法给王文弄好吃的。

一段时间后,王文的病好了,两个人好得也不可分了。不知为什么,地质队很快就撤离了。撤走的那天,两人相拥而泣,王文赌誓说,过不了多久,他就回来看花儿。可一星期,一个月,两个月……王文没有来。三个月后,花儿收到了一封信。信是王文那个当大官的母亲写来的。这封信写得毒辣,她骂花儿是狐狸精,并称王文已有新的女朋友了,是城里最漂亮的女孩,和王文是同学。同时把花儿送给王文的一张相片撕碎了寄了回来。

花儿当天回家后连饭也没吃就躲进房间大哭起来,哭了一天一夜都没停。第三天,花儿起来后就不读书了,整天站在路口,手里捧着那张被撕烂了的照片,痴痴地往大路的尽头看,嘴里喃喃地叫着"文哥,文哥"。打那后,花儿就疯了,而王文至今没来过。

多么痴情的女孩啊！我不禁同情起花儿来了。

李木旺噙着泪水说完这段心酸的旧事后，对我说："往后花儿有不对的地方，你就多原谅她吧。"我点点头，心想：这不幸的女孩，倘若没有那段不幸的遭遇，或许早已是一名充满希望的大学生了。

第二天，我刚打开房门，花儿就端着一盆子热水走进房间，对我说："文哥，你洗脸吧。"

我心里微微一热，不想拂她的好意，就应付着说："谢谢你了，花儿。"花儿一听脸就红了，嗔怪道："以前我也这样做，就没见你客气过！"

转眼就是星期天了。我决定回县城看望父母，顺便带些生活用品。可出门不远，就听见身后传来一声满含悲伤的哭叫："文哥，你别走，别走啊！"我不禁停下了脚步，回头看时，发现花儿跌跌撞撞地朝我奔来。正不知所措间，花儿扑到了我跟前，她双手死死地抱住我的腿，哭泣着说："文哥，我不让你走……你别走！"我的鼻子一阵酸涩，恍惚间，我觉得自己就是花儿心目中的"文哥"了。一股侠骨柔情渐渐盈注了胸襟，我弯下身去，轻轻地扶起花儿，一边为她抹去泪水，一边轻声安慰说："我没走，没走哩。你看，我的被子，我的书还在你家里，我是上县城汇报工作哩，后天上午我就回来的。"花儿哽咽着说："你没骗我吧？你不会又不回来了吧？"我笑着拍了拍她的手："真的哩，后天上午你看见汽车来了，我就回来了。回去吧，花儿，这样子人家要笑话的。"花儿不情愿地松开了手。汽车开出很远，透过车窗，我看到花儿仍站在路口使劲地挥动着手臂。

到徐家村不到一个月，扶贫工作刚开了头，而另一件事却发生了奇迹：花儿的病明显好转了。随着身体的康复，花儿身体更丰盈，脸色更红润了，秀秀气气的像一株美丽的竹子。花儿知道害羞了,懂礼貌了。打从知道我的真实身份后,花儿再不会像往日一样没有分寸地缠着我了,但我依然感觉到,在她那含羞的心灵深处,仍旧隐藏着一泓深情。面对这样痴情的女孩,我只有用理智坚守自己感情的闸门,同时默默地为她祝福。我知道,这样的女孩再也受不了打击了。

花儿的病基本痊愈了,我建议李木旺说:"让花儿重新读书吧。"李木旺迟疑着说:"隔了三年了,又生了这病,花儿能行吗?"

我说:"试试吧。"不久,花儿在多方努力下回到学校读书了。在高一试读了一个月后,老师根据她的成绩表现,决定让她重回高三就读。一次家访,花儿的班主任对我和花儿的父母说:"花儿已恢复了从前的记忆,现在的成绩已跨入全年级的前列了。"

正当我为花儿感到庆幸时,谁知我自己却不幸被病魔击倒。当年冬天,我染上了肝炎,住院一个多月仍不见好转。李木旺和花儿来医院看我,带来一把草药让我试试,吃了之后,效果不错,我就干脆出院,回到村里专吃草药了。花儿一有空就带上小锄上山挖药,并一定要亲手煎好看着我喝下去。浓郁的药香,在冰寒的冬季显得更加温馨、诱人,我发现,我开始喜欢花儿了。

这年冬天,雨水特别多,可花儿仍然风雨无阻地上山采药。一天,天又下雨了,我对花儿说:"今天就别上山了,一天不吃药没关系的。"花儿嗔怒似的瞪我一眼:"不行。我听说了,你这病耽搁不得的,时间久了会坏事的。"说完,不顾我再三劝阻,穿上雨衣上山去了。没想到花儿这一去就再也没回来。傍晚时分,当我们找到她时,她已血肉模糊地躺在高崖下的一堆乱石上,她那苍白的右手还紧紧地握着一束新鲜的草药……

花儿下葬的那天,天空纷纷扬扬地下起了大雪。我立在坟前,任凭寒冷的雪花落满全身。李木旺和村干部又是拉又是劝的,可我纹丝不动。面对被白雪覆盖着的坟茔,我仿佛看见花儿此时在另一个荒凉的世界里,如生前一样满怀纯情、双眼凝泪,痴痴地看着我……

（夏乐飞）

箱子里的秘密

　　几年前的一天，厂里发生了一起盗窃案，车间通知我去一趟保卫科。一进保卫科，新来的科长大李开门见山，要我协助他调查我的徒弟小马。我简直不敢相信我的耳朵，就问："他有什么疑点？"科长说："据他同宿舍的人反映，他有只木箱，以前从没上过锁，前几天他突然加了把大号锁头。别人不在时，他老是凑在箱子前偷偷摸摸摆弄里面的什么东西，一有人来，他忙把箱子锁住，神情也不太自然。"这一说，我倒来兴趣了，便一口答应了下来。

　　大约过了一两天，小马对我说："师傅，主任要我去机电公司买几套工具。"我说："待会儿我要用几根钢锯条，你把工具箱钥匙留下。"小马从腰带上摘下一串钥匙交给我，就匆匆走了。

我把钥匙放在手里掂量掂量,突然想起保卫科大李和我说过的话。我赶到保卫科,把大李叫到宿舍,把钥匙递过去,对他说:"大李,打开来看看。"一会儿,箱子打开了,只见箱里有两身衣服,几本技术书,还有一些劳保品和日常生活用品,根本没有什么"赃物"。大李不甘心,又仔细搜查了一遍,还是没发现什么可疑的东西。我说:"这下小马清白了吧,我徒弟的人品我比谁都了解。"

忽然,大李从箱底拿出一个塑皮笔记本,翻了翻,从扉页里抽出一张彩色照片:"哟,这小子还藏着张美人照呢。"我凑过去看,心里顿时"咯噔"一下,那竟然是我妻子的照片!原来小马每天在宿舍偷偷摸摸的,是在欣赏我妻子的"美人照"呢,好家伙,这小子虽然没偷钱,却是个偷情的贼!

说起小马,我有一肚子的话。小马老家在东北,三年前顶替父亲进厂,当时还不满16岁,他手脚麻利,人又机灵,给我印象很好。作为师傅,在工作和生活上我一向对他都很关照。星期天,还常把他叫到家里,让妻子炒几个菜给他吃。

妻子是厂工会干事,负责职工文体活动。她人长得漂亮,性格开朗,又喜欢打扮,对男人很有吸引力。小马呢,风华正茂,比我高大英俊,还比我年轻10岁。这样一对男女在一起,很容易走火入魔的,我真傻,以前怎么就一点儿没提防他们?

和大李分手后,我心里烦躁得不行,于是直接回到家里,坐在沙发上发呆。傍晚妻子下班回来,埋怨我说:"你回来早,怎么也不做饭?"我说心烦。妻子摸摸我脑门,说:"不舒服吗?那我来做。"我说:"你也别做,我问你一件事,你背着我和小马搞了些什么名堂?"她怔怔地看着我,说:"我和小马?我们……没搞什么名堂呀。"我说:"你别装傻,你偷偷把自己的大彩照送给他,你当我不知道!"她有些生气地说:"你胡说什么,我没给过小马任何东西!"我说:"你不承认也罢,明天我们一起去找小马,三头对案。"她嚷嚷道："找谁我也不怕!"

事情争不明白,我们都没心思做饭,也没吃东西。

晚上躺在沙发上,我脑子里乱成一锅粥。我不敢想象,明天当着他俩的面把照片亮出来时,他们会作出什么反应,我又如何收场。但可以肯定:这件事将会在全厂闹得沸沸扬扬。

妻子躺在床上翻了半夜身,忽然坐起来,拉亮灯说:"不行,我不能这么平白无故受冤枉,你必须把事情说清楚。"她把家里影集拿出来摔给我,说:"我的照片都在这儿,你心里也有数,你说说,我给了小马哪一张?"我翻了两遍,没发现缺少她的照片,便把下午检查小马工具箱,在他那儿看到照片的经过讲了一遍。她听罢想了想,一拍大腿说:"噢,现在我全明白了。"我要她解释,她气哼哼钻进被窝说:"没啥可解释的,我跟你结婚好几年了,你却对我一点儿信任感也没有。明天找你徒弟解释好了!"

看着她那副理直气壮的样子,我开始感觉到事情不一般,没准真是我弄出了误会。于是我放软了口气说:"不是我不信任你,这就像一个人养了一株非常非常美丽的花儿,他肯定比别人更担心那花儿被谁摘走,你就是我心中的一支美丽的花儿呀。"妻子最大的弱点,就是经不住奉承,她听了我的甜言蜜语,忍不住"扑哧"一声笑出来:"别耍贫嘴!"她捶了我一拳,气也就消了,随即把那张照片的来龙去脉告诉我。原来妻子是一名先进工作者,厂里统一为他们拍了照片,陈列在厂门口的宣传橱窗里,可是妻子发现她的那张照片贴上去不久就被人揭去,她也曾为此纳闷。

"这么说,是小马偷去了你的照片? 他怎么会干这种事?"我疑惑不解。妻子吃吃笑着说:"这小伙子准是在犯单相思,他被你老婆给迷住了。"我说:"这太不像话了,说起来你还是他师母呢,明天我找他把照片要过来。"妻子劝我别这样做,"事情一挑明,小马会很尴尬,往后你们师徒之间就没法相处了。我看小马本质上是个好小伙子,他只在心里想想而已,又没有对我做过什么越轨的事。再说你偷偷摸摸翻人家的笔记本,还侵犯他的隐私权呢!"我想来想去,最后接受了妻子的建议,把这件事捂了下去。一切如常,像什么也没发生一样。

此后我曾暗暗对小马作了些观察,我发现他在妻子面前,比在别的女人面前显得更加腼腆和局促不安。除此之外,并没有发生什么节外生枝的事情。小马对我这个师傅也一直很尊重。

几年后小马结婚成家,他爱人是我和妻子给介绍的。婚后他们生活很美满,再后来,小马携妻儿调回他家乡附近的一座城市工作。至于妻子的那张照片,小马是处理掉了还是继续保存着,我就不得而知了。

值得庆幸的是,"照片事件"没有给我和妻子的感情以及我与小马的师徒关系带来任何不良影响。

(海　生)

失去的真诚

　　那天,雾好大,我蹬着自行车,随着滚滚的车流,不停地按着铃,像耍杂技似的在狭小的空隙里穿行。正要穿过嘈杂的十字街口,忽见前方一个老大妈手持小红旗挥手阻住了车流。

　　情况来得突然,我连忙刹车,车还没停稳,突然身后被重重地撞了一下,我连人带车倒了下去,紧接着有个人也跌倒在我的身上……

　　我翻身起来后,才看清刚才倒在我身上的是一位挺秀气的姑娘,她站在那里,难为情地埋着头,一边拍打衣服上的灰尘,一边脸露歉意地看看我。她的眼睛有一种特别的美丽,雾气在长长的睫毛上凝成了亮晶晶的水珠儿。

　　我呆呆地看着她,直到她脸红,我才意识到自己失态了,就慌慌张张地找了几句话掩饰,帮她扶起自行车,调了调链盒,正了正车把。她什么也没有说,只是点点头,就跨上了那辆红色山地车。

打这以后,我们又在路上碰过几次面。她总是那样怕羞,有时我们眼神碰在一起,她便会马上避开,长长的睫毛不安地眨动着。有时我正准备找点话和她攀谈,她却急急地钻进密密的车流,远远地躲开了。因此,我们虽然在路上遇到过几次,但并没有说上什么话,更不知道对方的姓名。

不久,我害了单相思,夜夜在梦中看到那双黑亮黑亮的眼睛,我常常失眠,不思茶饭。

有一天,我实在忍不住,就给她写了一封信,把一腔的情思全写在信上。第二天早晨上班相遇时,我鼓起勇气,把那封信塞给了她。她慌乱地收下后,便匆匆蹬车远去了。

三天后,我收到一封信,是从"聋哑人福利工厂"寄出的。我有点莫名其妙,疑惑地撕开一看,才知道正是她写来的简短的回信。信中说她收到了我的信,看后非常感动,她是聋哑工厂的会计,还约我在河滨公园见面……

我只觉得眼前天旋地转,她……她怎么会是聋哑人?信封下方那排醒目的铅印红字使我不得不信!怪不得这么长时间里,她从没对我说过一句话。

我绝望了,你想想,和一个不会说话的人生活在一起,朝夕相处,油盐柴米,子女教育,社会交往,这日子怎么过?

那天我没有赴约。

从那以后,我每天上班时总是缩着头,生怕在路上再碰上她。

日子一天天地过去,没想到一年之后,在一个大雾弥漫的早晨,我在上班的路上又遇到了她。我的心剧烈地跳动着,真想走过去,请求她的宽恕,但我又马上意识到这一切都是多余的。

我正想躲开她,忽然,她在人群中发现了我,"张传球——"她竟然响亮地叫起了我的名字。

我大吃一惊,好半天才结结巴巴地问:"你……你不是聋……聋哑人?"

她大胆地望着我,不再像先前那样羞涩:"在聋哑人工厂工作的,并不一定都是聋哑人呀! 不过,我倒是真的嫁了一个哑巴。"

她的声音,竟是那样的清脆甜美。我一听,惊得连声音都变了:"什么,你嫁了个哑巴?"

姑娘笑了笑,说:"这世间不会说话的人,比有些会说话的人真诚得多!"

我惭愧地低下了头。等再抬起头来时,她早已没有了踪影……

(传　球)

难忘的异国行

　　十年前,我就潇洒地出过国,没办任何手续不说,还差点儿成了外国女婿,这事儿搁在我心底十年了,每想起来心里就难受,若不把它写出来,真不知还得折磨我多少年呢!

　　那是放寒假时,我到一个学生家去玩,他的家在中缅边境,这儿有个小镇,离缅甸不到两公里,经常有缅甸人到小镇上买东西。我留心观察,觉得缅甸人与当地边民毫无区别,语言服饰、风俗习惯全一样儿。那个学生的哥哥叫杨金忠,是农场里一个小队的队长,他见我看见外国人直了眼,便几次约我到那边去玩玩。考虑到自个儿是教师,万一被缅甸国防军逮住,麻烦就大了,所以我当时没敢去,没承想最后还是去了,不但去了,还有了这段刻骨铭心的往事。

那是刚过春节的一天下午,有个职工神色紧张地找到杨金忠,说他放牛时没留神儿,牛跑到那边吃了缅甸傣家人的甘蔗,现在牛被扣下了,那边叫农场派人去解决。

当队长的杨金忠去不可。杨金忠对我说:"许老师,你和我一起去吧!你是教书的,嘴皮子利落,帮着我说说好话。"见我有些犹豫,他又说,"放心,绝对没事,万一有事,你就装哑巴,我来应付。"

话说到这份儿上,不去不够意思了。在一种既新奇又刺激的心理驱动下,我掏尽了身上所有能证明身份的东西,夕阳西下时,随杨金忠骑了自行车,穿过片片甘蔗林,绕过丛丛凤尾竹,在剑麻环卫的土路上颠簸一段儿,来到了一条宽不足一米的小水沟旁。

杨金忠下了车说:"这条水沟就是国界。"

我激动之余不免大失所望。我原以为国境线上必定是军警三步一岗、五步一哨,警犬猎猎,戒备森严,没想到只跨一步,就踏上了缅甸的国土。我回头看看祖国,心里说:这也叫出国?

我俩骑车上了一条简易公路,过了一个叫洋人街的小镇,来到傣寨那个扣牛的人家。

主人接待我们。当他听杨金忠介绍说我是北京来的朋友时,马上热情地摆上碗筷,请我们喝他们自酿的低度糯米酒,边喝边谈。傣家主人为了和我这个"北京来客"交个朋友,不但留我们住下,还邀请我明天参加他们的"丢包"。我不知道啥叫"丢包",但他们的热情大度和爽朗感动了我,我趁着酒兴,一口答应下来。

就在这时,忽然听到"咚咚"声,一问,是寨子里有人在舂糍粑。主人见我好奇,就拽了我进了碓房。

只见几个青年男女正在里面边说笑边舂碓,碓窝旁蹲着一个傣装少女,随着石碓的起落,熟练地蘸了黄油揉糍粑。青年们听了主人的介绍,都点头向我打招呼,那个少女揪下两坨比拳头大的糍粑,递给我和杨金忠。

这是个又俏丽又清纯的少女,我醉眼蒙眬盯着她看,竟忘了接糍粑。她发觉了我的失态,嫣然一笑,端起黄油碗,连糍粑又递给我。大伙一阵哄堂大笑。我虽已醉眼昏花,但也知道她在戏谑我。我大为感慨:傣家少女天性至纯,毫无忸怩矜持之态,莫不是甜美的蔗汁、香软的糯米、飘逸的竹叶,哺育出了她们的钟灵毓秀?

那个少女对我这个"北京来客"很感兴趣,问这问那的。其实我哪儿是北京人,不过上大学时因宿舍有一北京同学和我处得特哥们儿,随着他练了一口北京话。长这么大还没去过北京,我说的北京的一切全是从北京哥们那儿趸来的。可她听时那副心驰神摇的神情,看得我赏心悦目。我发誓我对她绝无一丝邪念,只觉得对着这样一个纯洁的少女,五脏六腑清爽透亮。

晚上,杨金忠告诉我"丢包"是傣家的一种习俗,每年春节后,未婚的傣族男女青年相约到一块空地上,互掷花包,以确定意中人,也就是一种自由恋爱的形式。听起来既有趣又令人向往,可我再一想,又犯嘀咕了:我没打算到缅甸找对象啊,万一被哪位傣族姑娘看中,我不成国际骗子了?

杨金忠安慰我说没关系,傣家丢包跟我们跳舞一样,曲终人散,谁认识谁?万一人家真看中你,只要你不答应,人家还能死乞白赖缠你?

吃了这颗定心丸,我倒盼着快点儿天亮。

第二天,傣寨村头,一棵浓荫蔽日的大榕树下,是一片宽敞的草地。早有傣家男女各坐在一边的土坎上说笑。我们到了男人堆里,有人认出我,热情招呼。应众人的请求,我这个"北京来客"免不了又说起了北京的故宫、颐和园、天安门广场……

一会儿,开始丢包了。

傣族小伙子们一致让我先去找姑娘。我走近那群花枝招展的少女，一眼就认出了昨晚那个令人魂牵梦系的姑娘。她依然那么秀美，大大方方微笑地望着我，那身极富民族色彩的节日盛装使她极像个新娘。我邀请她丢包，姑娘们欢笑着把她从人群里推出来，我问她姓名，她说："我叫沙小艺。"

丢包是这样的：男女青年相距约十米，用女方备好的包互相扔给对方，接不住包者为输，掷包者可向接包者索要身上的任何饰物。

这会儿场上早已捉对儿丢包，五颜六色的花包在晴空下飞舞，煞是好看。沙小艺的包是金黄色的，约一尺见方，里面塞了许多苞谷，有些滑手，刚丢了几下，我就失手了。

沙小艺笑着跑过来，我掏出早已准备好的礼物，正想问她要笔还是手绢，她摇头说："手表，手表。"

我一愣，心想：这小妞心够黑的！我扭头看杨金忠，他却悠然地坐在一旁吸烟，一副事不关己的样儿。我一咬牙，摘下手表给了她。

后来，我成功地制造了一次使她脱手的机会，兴冲冲地跑过去，学着她说："手表，手表。"

没想她一拧身，生气了。我只得去请教杨金忠，他说："你不能要还自己的，只能要她身上的东西。"

要啥合适呢？我望望沙小艺，取下了她的头巾。

说不准是她技艺高超还是我运气太差，接下来丢包，我只赢了她的围腰和一只手镯，而我却输掉了身上的墨镜、外衣、毛衣、衬衣，就剩下一件汗衫了！

我没胆儿再丢了，转身去叫杨金忠来丢。他说："我结过婚的人丢什么包？"

我说："那怎么办？"

他古怪地笑着说："去和她交换东西就行了。"

　　于是,我换上一副亲切的笑容走向沙小艺:"沙小艺,再丢我就得出丑了!这样吧,咱不好说交换,我把你的东西还你,你还我件外衣就成,行不?"

　　她起初还笑吟吟的,可是一听我说完,却惊异地看着我,满脸涨红,猛地蹲下身,搂紧她的战利品,一言不发。

　　我一时感到莫名其妙。

　　忽然听到了笑声,我一看,是杨金忠,正笑得在草地上打滚。我明白了,这小子在耍我。

　　我逼问他使啥坏,他一本正经地向我道歉道:"我忘了告诉你,丢包结束应该是女方先来交换东西。她要不愿意交换,就是说相中你了!"

　　我一听,急得蹿起来:"怎么不早说,你!"

　　我想,这下完了,惹国际麻烦了!说倒霉,沙小艺是个绝对漂亮的姑娘;说艳福,有这心我也没这胆儿呀!我是又激动又后悔又害怕。猛地,我见杨金忠在笑,我想真要这样儿,他怎么不早告诉我?别是耍我?

　　我稳稳神,走过去,见他是一脸苦笑。他望着我,叹口气,无可奈何地说:"老许呀,现在有三条路给你走。第一条,再去求求她,她不答应,咱们骑上车就跑;第二条,你先跟她回家见过岳父岳母,再找机会逃走;第三条,死心塌地做个外国女婿吧。"

　　我见他一脸严肃,不像开玩笑,心不由一沉。我掂掂分量,觉得第一条还算是活路,于是转身向她走去。

　　这会儿,沙小艺身边已围了几个女伴,她们七嘴八舌、群情激愤地吵嚷着,见我过来,都横眉立目地瞪瞪我,走开了。

　　我坐到沙小艺对面,见她抹着泪,姣美的面容更觉动人。我心跟针扎似的,小声说:"小艺,咱好好说说吧。你瞅,你们这儿是缅甸,我呢,是中国人,咱俩不是太……太合适!"

　　沙小艺猛抬头,逼视着我说:"我听不懂,我只问你,你喜不喜欢我?"

好直率,好大胆! 我顿时瞠目结舌,不知如何回答才好。我避开她火辣辣的视线,转脸四下望望,只见刚才围在这儿的几个少女已经站在男青年堆里,正对着我指指点点。见此情景,我心说:今天这事儿怕是不能善终了!

"你说呀! 你喜欢我,为什么要来换东西? 你不喜欢我,为什么要来约我丢包?"沙小艺说完,又抽泣起来。

我心里挺不是味儿,感到愧对这么个美丽纯情的傣家少女,可我没打算骗她呀!

这工夫,杨金忠过来了:"老许,别光顾着说情话了! 我们去洋人街买点礼物,去见见小艺的爹妈吧。"说着,他给我使了个眼色。

我如同捞到救命稻草:"对对对! 小艺,你先回家,我们买了就来!"

沙小艺泪眼里充满疑惑:"你是骗我吧?"

我心里一阵剧痛:"骗你不是人!"

她破涕为笑,站起身,把外衣递给我:"穿上吧,你这样子,像褪了毛的鸡。"

此刻,只要能脱身,说我是刮了毛的猪都成。

我刚穿上外衣,傣族青年们围过来了。问明情况,一个叫沙小龙的小伙子说:"姐,不能相信他! 防着他去了就不来,我们陪他去!"

我差点儿没背过气去,没辙了,只得走一步算一步吧。四个人各骑一辆自行车直奔洋人街。

他俩在前头,沙小艺陪我在后慢慢骑。她很兴奋,一路上和我说笑。微风拂着她的秀发,如竹叶般翩舞。我总有一种犯罪感,强颜欢笑之余,老在琢磨脱身的招儿。

沙小艺深情地说:"你说话真好听,就像中国电影里的人说话一样。"

一提到电影,我心头一亮,总算给我逮到机会了。我跳下自行车,说:"小艺,说半天你知道我是干啥的吗?我就是拍那电影的!"

见她满脸困惑,我接着编道:"你瞅着我熟悉吧?是不是在哪儿见过?洋人街放的那个《傲雷·一兰》看过吗?傲雷·一兰就是我姐,好好瞅瞅,像不像?我姐那电影儿,就是我拍的!"

她像看外星人似的瞧着我,满脸的惊诧疑惑。

我强装镇定,望着她说:"不信?我说话儿和我姐是不是一个味儿?"

好大工夫,她才肯定地点点头,眼里流露出幸福和羡慕,似乎为未来的夫君自豪。

我一看坏了,该起的作用没起,忙胡编下去:"我和我姐来云南拍电影儿,咱们这么大的事儿,总该让她知道不是?我们中国人讲究父母之命、媒妁之言。我爸妈在北京是来不及了,我姐就在昆明,怎么着也得让她代表我们家来看看你吧。"

我嘴上这么说,心里直骂自己无耻。

沙小艺显然被我的巧言迷惑住了,她停下来,两眼直勾勾地看着我:"你不骗我?"

我又赌咒又发誓,装得跟真的似的。不知是庆幸还是激动,要不就是良心受到折磨,我嘴里花言巧语,眼泪可就下来了,我恨不得号啕大哭一场,但我强忍着。

沙小艺被感动了,掏出手绢给我揩泪,温柔地说:"我们傣家男人,血流尽了也不能掉一滴泪!我相信你……"

天蓝,云白,山青,水绿,沙小艺不顾沙小龙的坚决反对,噙着泪,默默地把我送到国境线上。看着她的泪眼,好几次我冲动得真想留下来,但又理智地克制住,毅然跨回祖国。

沟那边,沙小艺拭去泪,露出笑脸,叮嘱我早去早回。沟这边,百感交集的我鼻子阵阵发酸,哽咽着点头,泪水却不由地泪泪而下。

我目送着沙小艺一步三回首的柔美身影出没在甘蔗林间,闪现在凤尾竹中,渐渐消逝在一片榕树的浓阴里,带走了一个美丽的梦幻,一个虚幻的希望,我感觉到自己的五脏六腑已被掏空了似的……

五年后,杨金忠来信告诉我:沙小艺嫁人了。沙小艺嫁人时已经23岁。

我只有祝福沙小艺——这个纯情美丽的异国傣乡少女!

(许云辉)

历 险 惊 魂

　　人在逆境里比在顺境里更能坚持不屈，遭厄运时比交好运时更容易保全身心。

同在蓝天下

　　我初到美国时，一直没找到工作，后来在报上读到一则招聘启事：《野生动物》摄制组将派记者去非洲实地拍摄镜头，需两名摄影师。来美之前，我在国内一家电影制片厂里就是搞摄影工作的，这么好的机会当然不会放弃。于是我赶紧去报了名，经过初试、复试，很快就收到了录用通知。

　　这次赴美洲拍片的共有三人，队长叫安德森，他是个老摄影记者，去过世界上许多地方，也是个保护动物的积极倡导者。队员就是新招聘的我和杰米。

　　我们很快到达了非洲大陆，当地机构给我们找了一个向导，叫尼克，也是美国人，他十几年前就到非洲淘金，专门经营毛皮生意。

几天以后,当我们走进大森林后,才发现我们的向导尼克竟是个偷猎者,他把滥杀动物当作一种乐趣,这和我们拍片的宗旨是不相容的。为此,队长安德森大发雷霆,严厉警告尼克,如果他再敢滥杀,我们宁可不拍片,也要辞了他。尼克这才有所收敛。

尼克不是滥杀动物的话,确实是个好向导,根据他的指引,我们拍摄到了许多难得的镜头。

那一天,我们踏着厚厚的落叶向荒原进发,据尼克介绍,那里有一条河,各种动物都去那里喝水,狮子、鬣狗、羚羊、野牛、犀牛、猎豹、大象……在那里,肯定会拍摄到真实而难得的镜头。

大家正在兴奋,走在前面的尼克忽然猛地站住,喊了声:"狮子!"大家顺着他手指的方向望去,果然看到在前面不远处,一头非洲狮正瞪着铜铃般的眼睛盯着我们。

这是一头母狮,它的一只脚被钢制的捕兽夹紧紧地钳住,显然这只捕兽夹是偷猎者放置的,一头狮子卖给动物园,可卖个好价钱。可怜的是,母狮跟前还有两只比猫稍大一些的小狮子,围着狮妈妈"呜呜"地叫着。

我们试探着靠近,母狮那张因疼痛和愤怒而变形的脸立刻扭曲了起来,张开血盆大口,冲我们咆哮,一次次扑向我们,不让我们靠近它以及它的孩子。但捕兽夹无情地一次次把它拉了回去,于是暴怒的母狮拼命啃咬那只夹子,把夹子啃得"咔咔"直响。但这一切都是徒劳的,狮妈妈的嘴角渗出了血,钢夹却丝毫无损。

两头小狮子中稍大的一头,也学着妈妈的样子,冲我们龇牙咧嘴地咆哮,但另一头稍小的却像个天真的孩子,向我们摇摇摆摆地跑来,它已饿得站不稳了。这表明母狮被困在这里的时间不算短,由于没有奶水,俩幼狮都饿坏了。

安德森掏出一块咸肉干,放在嘴里嚼烂,然后吐在手心里,再塞进小狮子嘴里。小狮子还没完全学会吃食物,连吸吮带嚼地吃着那稀烂的肉末儿,把嘴咂得很响。吃完之后,又逮住安德森一只手指头,香甜地吸吮起来。

当安德森抱起那头小狮子时,狮妈妈简直要疯了,带着夹子上蹿下跳,吼声如雷,直到小狮子在安德森怀里香甜地吃着牛肉干时,母狮才逐渐安静了下来,只是威胁似的低吼着,警惕地注视着安德森的一举一动。

那头稍大的幼狮站在妈妈旁边,盯着它的弟弟,不断地舔着嘴唇,终于,它也忍不住食物的诱惑,一步步向安德森蹭过来。

尼克也学着安德森的样子,嚼烂肉干喂两头幼狮,他的举动显然是在讨好安德森。

母狮的眼光柔和了,它静静地打量着我们。尼克向它扔过去几块肉干,它闪电般蹦了起来,先向我们威胁地低吼着,又闻了闻肉干,警惕地扬起头。

尼克见状,小心翼翼地问安德森:“我是不是给它搞点吃的来?”

安德森想了想,点点头。毕竟,现在的首要任务是救这头母狮,况且它跟前还有两个刚出世的孩子呢。

尼克很快就打到一只羚羊。我们几个抬着羚羊,用力抛到母狮跟前,但它不吃。我们又拿出随身带的塑料盆,盛满了水,拿棍子推着盆,一点点送到它跟前,它也不喝。看来它仍未对我们完全消除戒备。

傍晚,我们在距离母狮不远的地方宿营。那两头幼狮已同我们混熟,毫不在乎妈妈的恐吓、警告,依偎在我们身边香甜地睡着了。平时尼克睡觉打鼾声非常响,吵得我们难以入睡,可是这俩幼狮的鼾声更响,打雷般的呼噜让尼克整宿都在不停地嘟哝咒骂,而幼狮却我行我素。我们都暗自好笑:这下你也体会到睡不着觉的滋味了吧!

夜色渐渐退去，森林中响起各种奇妙的鸟鸣，预示着新的一天开始了。清晨，我们起来一看，母狮把羚羊吃得干干净净，水也喝了个盆底朝天。由于吃了东西，母狮显得比昨天精神多了。

昨天晚上，我们已经拟定了抢救母狮的方案。一大早，安德森向母狮发射了一枚麻醉弹，不一会，母狮渐渐昏睡了过去。

由于母狮被夹住以后，拼命挣扎，致使腿部有点受伤，不过不要紧。打开"脚镣"后，我给它进行了敷药和包扎，之后，我们都上了树，静候母狮醒来。

母狮渐渐苏醒了，最后站了起来，鼻子用力嗅着，显然它发现我们就在附近。两头幼狮欢快地在妈妈跟前跑来跑去，相互追逐着，嬉戏着。我们欣慰地目送着这一家三口渐渐远去，然后又向着我们的目的地进发了。

终于，我们的面前出现了一望无际的平川，远处有一条闪光的带子，蜿蜒曲折，那是河流。我敢说，我们见到的，是一般人难以亲眼见到的壮观景象。这里简直是动物的天堂！成千上万的各种动物聚集在河边饮水，在平川上移动，一群群角马、羚羊、斑马、野牛……或悠闲地吃草，与远山、蓝天相映相衬，组成了一幅美丽的大自然风景画；或恣意狂奔，激起一阵阵冲天烟尘。一只吃饱的狮子正悠然散着步，对离其不远的羚羊竟视而不见，不屑一顾；几只外形猥琐的鬣狗跟在一群角马后面溜达着，大概想伺机而动。

安德森最先从陶醉中清醒过来，吩咐大家抓紧时间工作。除向导尼克外，我们三人都有自己的活要干。安德森把我们分成两组，他与杰米一组，尼克与我一组，我们分头行动。

离开安德森，尼克似乎变得胆子大起来了。他拿着装好子弹的猎枪，蹑手蹑脚向前走去。

我心里一沉，预感到尼克又想干什么了，赶紧喝道："尼克，你要去哪儿？"

尼克显然没把我放在眼里，大大咧咧地说："小伙子，拍你的片子吧，别管那么多闲事！"

我忍住气选择拍摄的最佳地形和角度，待会我要叫安德森好好教训教训他。

正当我全身心投入工作的时候，突然有人大喊"救命——"只见尼克没命地向我这边奔来。我一看，不由大吃一惊，脸都吓白了：只见一头雄狮在追尼克。

尼克拼命奔跑，带着哭腔对我嚷着："快开枪，救我呀！"

这家伙大概真是吓懵了，枪就在他手里拎着，他却叫我开枪！我手中除了那部摄像机，哪有什么枪呀！

雄狮向前一扑，爪子便搭在了尼克肩上。我眼瞅着雄狮张开血盆大口，不由把眼一闭，心说尼克这下完了；我自己也由于惊吓，竟然呆立在原地，两腿一步也挪不动了。

就在这千钧一发的时刻，突然又是一声巨吼，不知从哪儿蹿出一头母狮，向雄狮扑去！雄狮猝不及防，被母狮扑得翻了个跟头，一公一母两头狮子扑打着，撕咬着，在地上翻来滚去，尼克趁机逃脱了。

雄狮被激怒了，它发疯般地撕咬着同类，而母狮力量方面明显不敌雄狮，被雄狮压在身下，拼命抵御着雄狮那疯狂的撕咬。

"砰砰"头顶上几声枪响，雄狮停住了搏斗，随后又是一声巨吼，快快离去。

是安德森他们赶到了。

我们围在母狮的身边，这正是那头我们救过的母狮。它静静地躺在地上，浑身伤痕，致命伤在喉部。狂怒的雄狮咬断了它的喉管，鲜血从伤口汩汩流出。母狮只来得及睁开眼瞅一下它的两个幼仔，就断了气。那两头幼仔围着妈妈，悲哀地"呜呜"叫个不停。

尼克跪在母狮身边，两手捂着脸，浊泪长流：是母狮救了他。

尼克是幸运的,他善待母狮幼子的举动虽说大半是为了讨好安德森,可是母狮却以命报恩,这对习惯于枪杀野生动物、借此取乐的尼克的内心来说,不能不说是一个震撼吧!

尼克此刻哭得是那么的伤心。他终于明白了:我们和动物同属一个地球,同在一片蓝天下,决不能为了自身的私欲,残酷地对动物大开杀戒……

(陈成钧)

半根火柴

　　那是个上上下下都挨饿的年代。

　　那一年我大学毕业,分配到西北高原某省直机关。正式上班,领导就叫我去机关农场接受锻炼。

　　机关农场位于青海湖畔,那是一片肥美的大草原。刚进入农历十月,在我家乡正是秋阳灿烂的时候,这里突然刮来一阵西北风,接着就是漫天大雪飞舞,新开的荒地连同那无边的草场都掩盖在一片白皑皑的冰封雪冻之中,据说得等到来年春天才能解冻。办机关农场本来是为缓解粮食供应紧张的,若是在这里白吃闲饭,岂不适得其反吗? 所以领导决定,我和农工小孙留下来,负责看管农场现有财产,其他人全部返回机关。

　　一晃,两个月过去了。我们过得还算舒心安然,吃了睡,睡了吃,厚厚的牛毛帐篷也挺温暖。然而,就在此时,一场意想不到的"灾难"悄悄降临了……

那天我负责去做饭,一连划了几根火柴都没能把干草点燃。在这茫茫草原,既没有木柴,也没有煤炭,我们只有下雪前捡来的一堆牛粪可作燃料。要将牛粪引着,只能先点着一把干草。不料,这干草被雪水打湿,我却没能发觉,于是划了一根火柴又一根火柴。火柴盒里的火柴被我一口气划光,我再去找新的火柴时,发现场长留给我们的几盒火柴已经用光。

这时我才陡然意识到问题的严重性。因为在这片大草原上,可以说是百里无人烟,夏季来此放牧的藏民早已赶到冬窝子里过冬去了,想在这百里之内找个人影儿,比在大海里捞根针还要困难。原先在几十里外有一条从荒野上轧出的所谓公路,时而有汽车通过,现在大雪封山,哪有汽车通过呢? 就是偶尔有汽车通过,又没个固定的停车点儿,你到那荒野上去傻等,饥饿的狼群不把你生吞活吃了才怪哩! 一旦没有火种,我们守着面粉也吃不成饭,守着牛粪也无法取暖。这样下去,我们岂不活活饿死、冻死在这儿吗? 况且,在这荒原上经常有狼群的袭扰,如果没有火炬,便难以将它们赶走……

我越想问题越严重,终于忍耐不住,竟在小孙面前失声哭了起来。

小孙比我还小两岁,在这生命攸关的时刻,却比我冷静得多。他说:"别哭,别哭,我们想想办法。"

小孙把整个帐篷翻了个遍,忽然大喜过望地叫了一声:"有了,有了!"原来他从存放火柴的抽屉的夹缝里找到半根火柴来。

说是半根,其实那只是一个小小的火柴头儿,上面仅有半厘米长的杆儿。然而就这小小的半根火柴,却寄托着我们生存的希望,如果能将它划燃,我们就有了活路;如果划不着,我们将又一次陷入绝望的深渊。谁来划燃这半根火柴呢? 平时一切大事均由我来决定,此时我却没有半点儿勇气了。

周围悄然无声,空气如凝固了一般。忽然小孙大声说道:"我来划!"

可他没有轻易动手,而是猫着腰东寻西找,才找到一个引火媒儿。这是一张黄表纸,农村祭奠死人烧的那种棉纸,比较容易点燃。我家小时候火柴奇缺,母亲就常用这纸当火媒子,不知年纪轻轻的小孙怎么弄到这玩意儿。

等到他把纸展开,我才发现这是一封信,后面署着一个女性的名字。原来这是一封情书,一直深藏在他放衣服的小木箱里。

小孙先把那火柴头儿放在胳肢窝里暖了一会儿,自认万无一失了,才去那火柴盒的一侧划燃。我发现他的手在轻轻地抖动,我的心也"怦怦"地跳个不停。

"嚓"第一下没划着,我的心像一下掉到了枯井里,差点儿没叫了起来。

小孙却安慰我说:"没事,没事,可能是这盒上的磷磨光了!"他把盒儿颠倒个头儿,重新划了一下,只听"嗤"的一声,一个豆粒似的小火苗在小孙手指上跳跃着。小火球儿又迅速传递到那张火纸上,变成一个更大的火苗儿。但是小孙仍用指甲紧紧掐着那半根火柴,以至把指甲烧黄了,烧焦了,也忘记了疼痛。

他把那黄表纸引得很旺,然后又把煤油灯点着,这才长出一口气说:"我们有希望了!"

这个带罩子的煤油灯,成了我和小孙赖以生存的火种。但是这种劣质煤油烟气大,用了两天,罩子就熏黑了,灯芯上还结了两个像绿豆似的灯花,火力和亮度都明显减弱了。

为了清除灯花,擦亮罩子,我和小孙制定了一个周密的计划,以免出现任何偏差。小孙负责保护灯火,他脱下棉袄,像木桶似地围成圆圈,将煤油灯罩在中间;我取下灯罩,先剔除灯花,再擦罩子,每一个程序都进行得有条不紊。但这也就大大延长了擦拭的时间,小孙脱了小棉袄,仅穿一件绒线衣,在这墨水瓶儿都会冻裂的帐篷里,一下坚持半小时,冻得清水鼻涕都流了出来。

我擦好灯罩,准备重新安装在灯头上时,小孙再也忍耐不住严寒的侵袭,猛然爆发出一个响亮的喷嚏来:"阿嚏——"这一声喷嚏不当紧,那灯苗儿一下被这股强烈的气流扑灭了!

我们苦苦盼望、精心守护的火种,竟然毁于一旦,我的心好像被谁猛击了一下,正在安装灯罩的手猛地一抖,那灯罩掉到地上"啪"地一声摔碎了。

这一下我绝望了,气愤至极,挥手便狠狠地捅了小孙一拳,同时恶狠狠地骂道:"你怎么搞的? 这喷嚏你早不打晚不打,偏在这会儿打? 你这一喷嚏说不定就把咱俩的小命打到阎王爷那儿去了!"

小孙对我的蛮横报之一笑,他说:"没关系,我还留一手哩!"他从袖筒里取出一根黄表纸卷成的纸筒儿,上面有如豆似的火光在闪耀。他把这火种抖了抖,用嘴一吹,居然跳出一颗小火苗来,我小时候曾见母亲这样取火,像玩魔术一样巧妙。

我看到那煤油灯重又放射出灿烂的光芒,而那灯罩儿却已摔成碎片儿无法复原了,心里愧疚得要命,脸上火辣辣发烧。我接过那燃剩下的半截黄表纸,那上面依然有他女友的署名。我讨好似地跟小孙逗趣说:"你的女朋友为我们作出了牺牲,我要首先谢谢她。如果她不给你寄来这些信件,咱俩都要报销在这荒原上了。"

小孙的脸色突然暗淡下来:"她……已经不在人世了!"

我心头一震:"咋了?"

小孙说:"她死了!"

原来小孙出身地主家庭,高中没毕业就被派到开河工地干重体力活儿。他的女朋友在大食堂当炊事员,有时会偷几个馍贴补他。后来被事务长发现,要开小孙的批斗会,他得信后,趁着夜色跑了出来。数天后,他便来到这西北高原。后来,他知道他女朋友被撤销了炊事员一职,还被罚到工地劳动。一个年轻女子怎能受得了这折磨?她又累又饿,不久便死了。

这两封用黄表纸写的情书跳动着这位痴情女子的心,这对小孙来说自然是珍贵无比,可现在只剩下这么一点点了。小孙折好那小纸头,小心翼翼地掖在贴身的衣袋里,揩揩眼泪说:"这是有价值的。她若知道了,也会高兴的!"

这一年春天来得格外早,刚进三月,几场春风吹来,积雪便慢慢溶化了,千里草原终于抖落掉冰盔雪甲,袒露出它那宽敞的胸膛,从枯黄中慢慢透出一片新绿来。一天傍晚,一阵汽车马达的轰鸣打破了荒原的宁静,我和小孙奔出帐篷,欢跳着去迎接老场长和新老战友的到来……

(张兴元)

我当煤黑子

　　去年春上母亲病重,家中只要能变卖的东西都卖了,只剩得空荡荡的一个院子。那些天,我总觉得肩上好像扛了个大磨盘,沉甸甸地直不起腰,被逼无奈,只得又重去雍州城南老鸦峪一带下井当煤黑子。

　　我下的是私人的小煤井,矿长姓杨,叫杨百万,这一带数他财大气粗,说话老仰着脸盯着天,从没正眼瞧过人,待工人还算大方,只要肯给他卖命出力,钱倒是能挣一些。

　　我是做炮工的,那次下得井来,心里一直像揣了只兔子一般,老琢磨着像要出事。不知什么时候,煤头的顶板上竟然出现了一团水雾,还带着一股咸腥味儿。尽管顶板上经常有水滴下,但绝不可能有这种水雾出现,我哪还敢往下细想,急忙将跟班的窑匠水生叫了来。

窑匠水生每次下了井,三言两语安排完活,就一头蜷在绞车房旁的木桩边,睡得像只死猪,不到耳边叫绝不会醒。我扯破喉咙叫醒了他,他不情愿地跟着我到了冒水雾的地方,跟狗一样嗅了几下,冲我嚷道:"瞎扯淡,好生生的哪有水雾,一点点炮烟罢了。"

放了三茬炮,往前进了三四米,眼看着那股水雾竟愈来愈浓,缓缓地由顶板往下弥漫,一股股咸腥腥的潮气劈头盖脸扑过来……我心里琢磨着要出事,不由得惊呆在木架边,心里"咚咚咚咚"蹦个不停……恰好此时,也该下班了。

当晚躺在床上怎么也闭不了眼,眼前老是浮现着一个活生生的画面:几具不知何方的打工仔的尸体,被抛弃在老鸦峪西边山坳的一个洞里,风吹日蚀,白骨森然。据当地人讲,那些都是煤黑子,因井下冒水被水冲了,抛在山洞里至今无人认领。

第二天早晨六点,窑匠水生急匆匆地跑来喊我们下井,我歇班不干,没理他。水生见我不动,就装孙子样软磨硬缠,我仍然不动。水生没法,竟把杨百万搬来了!

杨百万垂着脸,冲我瞅了好一阵,问道:"是来挣钱吗?"我点头说:"是。"杨百万便对我吼起来:"不想下井,能挣钱吗? 今天下井,屁事没有;不下,干脆滚蛋。我杨百万一辈子最看不起的就是草鸡毛子屙软蛋,就这熊样,还打算捞钱? 屁!"

没办法,我还是跟水生下了井。这一班,一共下了十三人。

水生这次下了井,没在绞车旁的木桩边睡觉,而是跟我上了煤头。水生让我打钻,我压根儿没理他,一屁股坐下来,任他吼破了嗓子也不动。水生抢起一把井下的长柄斧子,想跟我打架,只是被人拦开了。后来水生说通了四川的打工仔赵财,说是一个炮眼十元钱,打一个算一个,上井就点钱。赵财平时也恨水生,可这钱诱人,他冲水生骂了一句,就抱起了钻枪。

赵财一个眼儿打下去,没事;俩眼儿打下去,还是啥事没有;第三个眼儿打下去,水生那张乌鸦嘴开口了:"瞅王文喜那软蛋儿,我说屁事没有吧,他还不信。今儿赵财你挣了钱,可别忘了请我喝、喝——"还没等水生喝出个啥尿来,就听"哗啦"一声巨响,只见赵财抱着钻枪,被一股水箭像发射炮弹一样凌空撞去,像贴一张棒子面锅饼,再没动上一动。一股水柱由炮眼里喷射出来,瞬息间,炮眼已崩裂成锅口大小的口子,豁口处崩飞的煤坷垃撞击顶板的声音像炸雷一样,一架架木桩被拦腰击断,酸酸臭臭、咸咸腥腥的浊水劈头盖来……

窑匠水生扭头跑时,已经晚了,大水冲击的劲头将他掀起来抛上了顶板,又撞倒了一架木桩,几个浪头接连打来,他被冲进了一处煤旮旯里,再没出得来。

我那时连叫都没来得及叫一声,心里只有一个念头:死跑!心一下提到了嗓子眼儿上,真的就像一只被鹰穷追的兔子,又蹿又蹦,嘴巴虽张得老大,可大气都不敢喘上一口。无数次碰在煤帮上、木架上,无数次跳起、逃窜……出事的煤头离马背坡处足足有二百来米,我狂奔着,在马背坡处拐弯时,"咣"一声竟撞在煤斗上,这才感觉到帽子和矿灯早已不知去向,头"嗡嗡"地一阵眩晕,一股黏黏糊糊的液体急急淌下,我顾不得抹上一把,又慌乱地甩掉脚上的矿靴,凭借行道两边的灯光,终于奔上了马背坡上的平台……

那汹涌的水浪,就紧跟在我的身后,冲击着每一个角落,落顶塌方的声音此起彼伏,雷鸣一般,整个井下就像经历着一场唐山大地震。眨眼间,那水也跟着冲到了马背坡下。

平台上的电缆突然闪出几道刺目的蓝光,随即灯光全部灭了。我知道那是水漫电缆后将井上的变压器烧了。眼前这一口黑井,就像是一副被埋在地下的棺材瓢子。

马背坡下的水几分钟内恐怕还不会漫上来,我忙趴下身子,摸着运煤的两行道轨,蹲在中间,凭着熟悉不过的地形,摸到了井口下。

电没了,载人的笼子自然不能上去,慌乱之中两手抓了一根通天钢丝绳,赤脚蹬着油滑的井帮,攀附着往上爬。钢丝绳上的毛刺霎时撕破了我的衣裤,连手脚都血肉模糊了……

那水也漫上了平台,涌到了井口下。我往上爬一米,那水也往上漫一米,只是没了先前的那股猛劲。百十米的通天绳我只爬了一半,就再也爬不动了,我死命地抱着那根通天绳,两脚蹬在井帮上,幸好那水也不往上涌了,在我的身下翻着水花,我这才渐渐松了口气……

几分钟后,井上有大绳吊下来,我用大绳把自己拦腰捆了,然后被人提上井来……

我躺在煤堆上,想哭,却无泪,两眼直呆呆地看天,看阴黑的云,看西边的山。我突然向西边的山洞狂奔,洞中那几具煤黑子的尸骨早已将我的脑子充塞得满满当当,我知道,没多久那里又要添上新的孤魂了。

我奔到了那里,跌坐在洞口,眼盯着地上的一具具白骨,好久,好久……不知什么时候,杨百万带了好多人也到了洞口。

杨百万没有像平常那样仰着脸,他低着脑袋壳,显得很悲伤。他伸出左手,从口袋里抽出一沓百元纸钞,右手将胸脯拍得"啪啪"响:"这是五千块! 谁要替我出力卖命,我杨百万绝不会亏待谁,老鸦峪这一带你尽管打听去!"说完,他硬将这钱塞到我的手里。

我默默地看着手中的这沓钞票,心里像咬碎了十个苦胆,苦苦的,涩涩的:这哪是五千块钱,不就是一沓臭纸吗? 命要是没了,要这龟孙东西有什么用?

不知什么时候,天变得阴惨惨的,风在山间盘绕,雨也"淅沥淅沥"地飘落而下。人渐渐散去,我呆愣着坐在洞口,任着雨淋风吹,一步没动。杨百万催人拖了我几次,我仍没动身,杨百万最后恨恨地说了声"王疯子",便下山了。齐整整的一天一夜,我寸步未离山洞,没有离开洞中那些不幸的煤黑子。

那一班,我们下去的十三人,仅我和安徽的一个煤黑子没死,其余十一个,全给水泡了。

后来,我才知道,原来杨百万自打这井时,就知道六七十年前日本鬼子曾在这一带采过煤,底部一经挖空,几十年后自然就蓄满了水。窑匠水生把我发现的煤头冒水雾的情况告诉了杨百万,杨百万说反正得打透放水,再设法把水抽干,这井才能重开。可谁去放水呢?杨百万说事成之后赏水生一万块钱,于是水生才来逼我们下井……谁料想他一万块钱没拿到,倒赔上了一条命!

现在我把这事讲出来,只是想告诫那些在私人小煤井做煤黑子的穷哥儿们:钱是人家的,你无论如何也是挣不完的,只有你这条命,才真正是你自己的呀!

(王文喜)

金屋藏娇

　　我本是一介草民,赶上好年月,在商海里扑腾了几年,终于发了,成了省城最大的建材公司的总经理。

　　那天下午,天空晴朗,我的心情很好,驾着"宝马"直奔洛城。虽然这次到洛城并没有什么大生意要做,不过是业务上每个月的例行公事,但想到又可以和小丽在一起度过两个浪漫之夜,我怎么能不高兴呢?

　　小丽是我的情人,我们的感情一天天在发展,那套豪华公寓的高价房租,也是我心甘情愿为她付的,我每次从省里到洛城来检查建材分销商的生意情况,小丽总是在公寓里等我。

　　当然,我的妻子江雪不知道小丽,她以为我每次来洛城都是住在一个当兵时的老战友家里。她也许有点疑心,但从没表示过。我觉得这样没什么不好，我并不认为自己对江雪的爱减少了，江雪是两个孩子的母亲，那是我的家庭生活，而在洛城枫丹花园的公寓里，我同许多有钱的大款一样，过的是"金屋藏娇"的生活。不过对小丽，我是真心喜欢她的。

小丽本来是洛城一家大型国有企业艺术团里小有名气的舞蹈演员，前年这家企业效益滑坡，再也养不起三四十号人的艺术团，便慢慢开始下岗减员，虽然还没轮到小丽头上，但也搞得她心灰意冷，干脆自己辞了职，去省城闯荡，没闯出什么名堂，却跟我萍水相逢。她从不张口向我要钱，也很少谈到钱，仅凭这一点，她就跟那些死乞白赖傍大款的欢场女子拉开了档次。

到了洛城，我的"宝马"下了高速公路，很快驶进了枫丹花园。这时，一声熟悉而甜美的叫唤声传了过来："力哥……"我下车一看，小丽已经笑吟吟地迎了上来，"隔了这么久才见到你！"

"只有四个星期呀。"

"像是一辈子。"

按照往常的习惯，坐了一会儿，我就去浴室洗澡。小丽坐在沙发上，喝着咖啡，看着电视，正在这时，门铃忽然响了起来……

小丽笑吟吟的，边起身边问外面是谁，没人回答，可门铃还在响，"走错门了吧！"她有点恼火了，随手把门打开……

紧接着，我听到小丽一声尖叫，声音不大，接着她好像摔倒在地毯上。我赶紧从浴缸里站起来，披上浴衣，想走到大门口看个究竟，不料门已经关上了，两个男人堵住了门口，前面一个套着长统袜似的面罩，拿着一支短筒猎枪，后面一个也戴着面罩，手里攥着一把寒光闪闪的匕首。

"怎么回事？你们是谁？"说着我弯下腰，想扶起小丽。

"别动！"拿猎枪的人喝道，他的话音严厉，容不得我反抗，"你就是乔力，对吗？"

听他叫出了我的名字，我不由打了个冷颤，脑子里一片空白。这是抢劫,有预谋的抢劫! 他们跟踪我,又一直找到小丽这里。一瞬间,各种念头一齐涌进我的脑子:难道是生意上哪个对手雇人来杀我? 不会,自己做的又不是黑吃黑的生意,没跟谁结下血海深仇呀!

"是的,我是乔力。"我强装镇定,"你们要干什么? 我什么都没有!""闭嘴!"旁边拿匕首的家伙掏出一个皮下注射用的针筒,管子里面已经吸满了药液,"放心,这不是毒药,只会让你迷糊一会,老老实实跟我们走。另外,告诉这位女士,千万别打电话给公安局。你大概也不希望这件事出现在报纸上吧? 别忘了,现在你可是在你情妇家里!"

正说着,针头扎穿衣服,捅进我的胳膊里,我没有挣扎。渐渐地,注射的药物开始起作用了,我转向小丽:"我很快就回来……别报告公安。"

"力哥!"小丽惊恐万状,瘫坐在地毯上……

他们让我把衣服穿好,拿出一副不知从哪里搞来的手铐,把我的双手铐上,又用一块布蒙住了我的眼睛,带我从后门溜出去,上了一辆早等在那儿的轿车。我坐在后排座上,拿猎枪的人坐到我旁边。被戴上眼罩以后,我什么也看不见了,估计车子开了大约半个钟头,但是药劲儿发作,弄得我迷迷糊糊,也许是一个钟头。我根本就不可能判断时间和方向……

终于,车停了,他们领着我进了一幢楼房。我仔细听脚步声,但什么也辨别不出来。最后,大概被带进了一间普通的房子,也只能这么想了,因为地板光光的,没有铺地毯,似乎也没有床。

药力渐渐消散,我忍不住说:"各位朋友,我手上这只钻石戒指值一万多,给你们,还有我的表和钱包,放我走吧。"

"乔老板,你太小气了。别当我们不知道,这些年你倒腾建材,闹得脑满肠肥的。呆会儿我们就往省城打电话,把我们的条件告诉你老婆。"

"你们要多少？我又不是百万富翁！"

"50万！"

"50万？"虽说我现在已经不是穷光蛋，可一听到这么大一笔款子，也禁不住心口直跳。正惊愕时，忽听有人开始拨电话，通了以后，话筒塞到了我手里，里面传出我妻子江雪的声音："喂，谁呀？"

我尽量让声音保持平静："是我，乔力！你别怕，我被绑架了。"

"什么？"

"镇静一点，雪，照他们说的做，我就没事。记住，千万别通知公安局。"

电话里的声音带着明显的哭腔："他们要把你怎么样？"

"他们要50万，明天你带钱到洛城来，他们会告诉你怎么交钱。"

有人从我手里接过话筒，一字一句地向我妻子交待了整个安排："我只说一遍，乔夫人，你听好了……明天，你六点半赶到洛城。在长途汽车站大门对面，有一个垃圾站，你用袋子把钱装好，包在旧报纸里，丢到垃圾站从左边数第三个垃圾桶里。记住，不能东张西望，丢了钱马上离开，搭七点钟的车回家。"

"这么短的时间，我到哪儿弄这么多现钱？"

"那我们不管！"

电话挂断了。他们又给我捅了一针，在地上随便丢了张毯子让我睡觉。由于是麻醉药的作用，我睡得很香。早晨醒来，他们给了我半杯凉开水，一个馒头。

周围的情况我一无所知，只能大概猜出这里八成跟枫丹花园一样幽静，因为听不到一丝嘈杂声，只有"叽叽喳喳"的鸟叫声从窗外传来。我知道屋里有人在监视我，就是那个拿着匕首不言不语的家伙。我暗中摸了摸墙壁，很想留下一点以后能够辨认出来的痕迹，但墙壁油漆得十分光滑，人为的痕迹一定很容易被他们发现，也很容易被擦掉。

我手里只有一只装水的玻璃杯。杯口很小，杯壁上似乎刻着花纹，我估计绑匪多半不会把这个杯子扔掉，这是我留下记号的唯一机会了。我等着，直到听见监视我的那家伙走出屋门，趁着这短暂的片刻时间，我一口把水喝干，翻过杯子，用我的钻石戒指在杯底上刻上了我名字的两个起首字母：QL。我只能摸出一点粗糙的痕迹，可能刻得不够清楚，也可能刻得太显眼，他们立刻就会发现，把它扔掉，但不管怎样，这是唯一的机会了。

早饭后，绑匪又给我打了一针，整个白天我都迷迷糊糊，时醒时睡，眼睛被蒙着，根本不知道白天黑夜。一次我醒来后，大声问几点啦，拿猎枪的人走进屋子，说是天快黑了，他的弟兄已经去拿钱了，他在等消息。"希望老天长眼，那儿没有公安。"他发出了令人毛骨悚然的冷笑……

终于，我听到寓所的门开了，两个人走了进来，接着是低低的交谈声。我的呼吸蓦地急促起来，知道每时每刻都有可能射来一发子弹，或者是被注射一针毒药，从此再也醒不过来。一瞬间，我想起了小丽，她可是和我生死相依的红颜知己呀，想到她倒在地上瘫成一团的样子，真是揪心的疼；还有江雪，她把钱带来了吗？她真的会关心我的死活吗？她要是怀疑我有外遇而生怨恨之心，正好可以借机甩掉我，做一个有钱的寡妇。

有人走进了屋子，是拿猎枪、爱说话的那一个，他对我说："今天算你走运，你老婆把赎金带来了。"

"那我可以走了？"

"等天黑了我们就带你出去，找个合适的地方丢下你。别害怕，我们很讲'职业道德'，拿了钱绝不撕票。"

时间一分一秒过去，我只觉得慢得像一个月、一年那样揪心。吃完饭,我被领着上了车。

他们带着我行驶了大半个钟头,至少我感觉有这么久。汽车在路边停下,我被推出车外。当我使劲扯下眼罩,汽车早已看不见了。这是南城的某个地方,靠近江边公路,可我弄不清楚准确的位置。

我戴着手铐,在夜色里一步一摇地往前走,在一个拐角处找到了一个电话亭,给小丽拨了个电话。

话筒里传来了小丽急不可待而又欣喜若狂的欢叫声:"天哪,力哥,你在哪儿?昨晚我都快疯了!"

"他们把我放了,我没事。对,我老婆送来了赎金……以后我再跟你慢慢说。喂,立刻给公安局打个电话,告诉他们我在……"我借着路灯看了看路标,"南城路119号前面的电话亭边。"

我靠在电话亭边等着,毫不理会路人惊奇的目光,直到警车来到……

我对赶来的警察说我是走访顾客时遭到绑架的,大概是理由不够充足,公安局没替我保密,随即小丽接受了采访,报纸登出了事情的经过。回到省里,江雪向我问起小丽。她肯定有怀疑,可没有深究。我太累了,躲了起来。

几个星期之后,我又要去洛城办事,临走前,江雪终于沉不住气,暗示她了解我和小丽的关系:"又去那儿?这次最好离那位顾客远一点。"

这怎么可能呢?

我又回到了枫丹花园,又回到小丽的怀抱里,唯一不同的是这次我请了两个保镖。

"真高兴你回来,"小丽说着,轻轻地吻着我,"我觉得那是我一生中最糟糕的两天,不知你在哪儿,又不敢报警……"

"那两天我也一样难熬啊……"我说这话时,心里第一次冒出了这样的念头:我为什么不离开江雪娶小丽为妻呢?

"想什么呢,力哥?"

"想我们。"

小丽拍着我的肩膀说:"别去想它了。来,到床上来,我给你按摩按摩。"

……

过了一会儿,我觉得口渴,起身上厨房找了杯水喝。喝完水,正要把玻璃杯放进壁橱,无意中却看到杯底有儿道粗糙的划痕……

"QL?"我惊呆了,杯壁上刻着美丽的玫瑰花……

(乔 力)

难眠之夜

　　我刚分到单位那会儿,房子很紧张,四五个光棍挤在一间宿舍里,跟罐装沙丁鱼似的。我这人爱静,围着单位转了一圈儿,发现西北角有间老房子空着,一打听,说是那地方僻,爱招小偷,老鼠还闹得厉害,因此没人愿去。

　　我一琢磨,我就几本书,还怕小偷不成? 于是跟领导说了,征得同意,就搬了进去。

　　在收拾房子时,我发现墙角确有几个洞,我也没堵它,大禹治水,堵不如疏么。只是特意找了根标枪放在门后,专门对付小偷。

　　一连几夜,一点动静都没有。我不由暗笑:哪有什么小偷和老鼠!

那天晚上，我走回宿舍，快到门口，正准备摸钥匙开门，忽然脚下被软软的东西绊了个趔趄，人差点没撞在墙上。黑灯瞎火的看不见，我没好气地回脚猛踢了一下："谁呀，这么不讲卫生，把东西扔到我房门口！"那东西还挺沉，一脚没踢动，但也没硌脚。

拿了钥匙找锁孔，却发现门是开着的。心说：嗬，阎王不嫌鬼瘦，还真来了。也没怎么在意，因为这月工资早花光了，屋里就几件衣服还是刚换下来没洗的。我慢条斯理地摸到床头打开灯，不由惊叫一声："唉呀！"

屋里什么都没少，还多出一样：床头案上盘着一条红花大长虫！好玄，刚才拉灯没摸着它。我这时才明白，最近这屋里为什么没老鼠了。

我定定神，见那蛇耷拉着头不动，便抄起门后的标枪拨拉了它一下。它只是缓慢地又把身子盘起来，并不凶狠。我放下心来，找了个小木盒，用标枪把蛇挑进去盖上，这才发觉手心都是冷汗。

忽然，我想起门口的东西，就着灯光一看，吓得我差点跳起来，原来地上趴着一个人，用标枪一拨脸，那人一脸的血。这回我真的顶不住了，尖叫一声，撒腿就跑。一口气跑到保卫科，语无伦次地报了案。不一会，派出所的人来了，他们跟着我来到了现场。

可是到我门口一看，嘿，人没了！大家拿手电四处照：终于发现远处有个黑影，大家到院墙下，伸手攥着脚脖子从墙头上拽下一个人来，一照，派出所的人认识，是一个惯偷。

经过简单审讯，我知道了是怎么回事。原来，这家伙撬门进屋，没敢开灯，四处摸，摸到床头案上，冷不防一条冰凉溜滑的东西缠手腕上了，吓得他猛一甩手，转身就跑，黑暗中一头撞在墙上，栽倒在门外晕了过去，直到我回来猛踢他一脚，才将他踢醒。

到我跑去喊人时，他挣扎着跑到墙边，好容易爬上墙头，却被大家拉了下来。

等把一干人送走，已是夜里十一点多了。紧绷的神经一松下来，身子骨好像散了架，我袜子都懒得脱，就钻进了被窝。忽觉脚边有东西在蠕动，我赶紧坐起来，掀开被子，啊呀，又一条红花大长虫！只见它径直游到木盒边，盘起身来，昂头"嘘嘘"地吐着信子。

我似有所悟。想来这是一对情侣，原准备在我被窝里幽会，公蛇先等在那儿，母蛇晚来一会，不料被小偷抓住，小偷猛一摔，将母蛇摔得七荤八素再也无力赴约了。公蛇在被窝里正等得心焦，忽然伸来一双臭脚，有心咬一口，又嫌袜子太臭，只好跑出来，却嗅到母蛇的气味，它不忍独自离去，遂决意以身护友。

我也被感动了，用标枪挑开木盒。盒里的那条蛇仍半死不活，我正准备把外面的蛇也挑进去，不料它自己游了进去。好缠绵哪！

我长叹一声，把木盒关上，这一夜我枕戈待旦，不敢再睡。第二天，我把木盒拿到野外打开，两条蛇慢慢地离我而去。

（张金文）

该死的桃花运

那天，村里来了个算命瞎子，我让他给我算个命，他说我交上了桃花运。当时我半信半疑，想不到，那瞎子算得还真"准"！

那是我算过命后的第三天下午，我从舅舅家回来，途中遇上了雷阵雨。雨大风急，我又没带伞，见小山坡边有幢孤零零的小楼，便急急地朝那边奔去。

小楼大门紧闭，屋里静悄悄的像是没人。我在门边站了足足个把钟头，雨还"哗哗"下个不停。我觉得又饿又累，就往门槛上一坐，双手抱在胸前，背靠大门打起盹来。

也不知过了多少时候，突然"吱"的一声，大门打开，我还没清醒过来，就四脚朝天跌进了屋里。那开门的人先是吓得"啊"一声大叫，接着又"咯咯咯"地大笑起来。

我这一跤摔得不轻，只觉得脑袋"嗡嗡"地叫，抬头一瞧，见是个打扮得很时髦的女人，觉得很不好意思，就红着脸说："对不起，真对不起，我……"那女人一仰脖子，止住了笑，两眼死死盯住我，失声叫道："哎呀呀，原来是你呀！跌痛了没有？快坐下，我给你看看。"那热情简直像是我姐姐，可我搜肠刮肚也想不起她究竟是谁，于是我连忙说："没事，没事。"说完要走。谁料她一把拉住我，说："你这是干啥？没看见外面正下着雨吗！我家就我一个人，你怕啥？给我坐下。"说着将我按在椅子上，然后张罗着备酒炒菜。

面对这女人过分的热情，我实在为难了，走又不好，留也不是，坐在椅子上像是坐在针毡上，浑身都难受。

没多一会，那女人端上来6个菜，拿出来6瓶啤酒，和我面对面地干了起来。她那春风得意的神色，那亲密无间的热情，弄得我手足无措。

喝了一会酒，她告诉我，她叫林彩花，今年34岁，结婚8年了，也没个孩子，丈夫今年36岁，是个很粗鲁却又很吃得开的男子汉，原来他们夫妻关系是不错的，后来丈夫有了新欢，整天骑着摩托车满天飞，还通宵不归，使这女人寂寞难耐，成了活寡妇。女人说到伤心处，忍不住流下了眼泪。

那丰盛的菜肴，那醇厚的美酒，那女人身上独有的幽香，再加上她那水灵灵的眼睛以及挑逗性的语言，使我这"黄花小伙子"真有点神魂颠倒，左一杯、右一杯地喝了个昏天黑地。

这顿饭足足吃了将近3个小时，酒醉饭饱之后，我乖乖地被林彩花搀着上了楼，进了她的卧室。她说："你先坐一会，我去烧点水，先喝杯浓茶醒醒酒，再洗个脚，然后睡觉。"

林彩花下楼去了，我抬头一看：见床头挂着个镜框，里面是一张放大了的彩色结婚照片，女的不用说就是林彩花，男的是谁？不看不要紧，一看不得了，吓得我倒抽了一口冷气，酒全醒了。原来她丈夫不是别人，正是镇上赫赫有名、外号"青面虎"的联防队队长！

这青面虎是不好惹的。记得有一次在镇上一家酒店里，一个小伙子喝多了酒，和青面虎吵架，骂了声"混蛋"，竟被青面虎拖到大街上拳打脚踢，直打得那小伙子趴在地上不吭声了才罢手。事后那小伙子被送进医院，住院治疗一个多月才出来。

想起这情景，我身上的汗毛全竖了起来，心想：我简直是昏了头，竟冒冒失失闯进了老虎的卧室，这不是找死吗？我越想越怕，见四下无人，急忙下楼，溜出后门，连大路都不敢走，在田野里奔走逃命。

雨虽说停了，但天黑路滑，走的又是田埂小道，再加上心慌意乱的，脚步也不稳了，短短里把田埂小路，足足走了个把小时，还摔了好几次跟头，弄得浑身是泥浆，狼狈不堪，最后终于来到了公路上。我朝身后看看，不见有人追赶，这才吁了口气。

谁想到我又走了不到 50 米，突然从路边的灰棚里冲出几个人来，三束电筒光"刷"一下射到我脸上，照得我睁不开眼睛。还没等我回过神来，一边一只大手死死地抓住了我，将我拖进灰棚里。一个高个子问道："半夜三更，你干什么？"这一问可把我问住了，怎么回答呢？说真话，那是万万说不得的；说假话吧，事先毫无准备，一时又编不出来，一急，就结结巴巴地说："我、我从城、城里回来。"我这话一出口，就被他们抓住了把柄："从城里来？为啥不走大路，跑田畈里去干啥？看你这一身泥浆，肯定在做坏事。快说，究竟干了些什么？"我吓坏了，一个劲地求饶。

他们哪里肯饶，高个子手一挥，说："这家伙不肯说，给他点味道尝尝！"他话音一落，拳头、脚头加巴掌就像雨点似的向我袭来。我毕竟不是铁打钢铸的呀，几下就被他们打倒在地上直哼哼了。那高个子一把又将我从地上拎了起来，大声吼道："我问你，你是不是偷了摩托车？快说！"我这才明白，他们是丢了摩托车,但我没偷,哪能瞎承认,"没,我没,真的……"话没说完,高个子举手又要打,被一个矮个子拦住了。

矮个子拍拍我的肩膀,说:"你别遮遮盖盖了,实话告诉你,我们是镇联防队的。我们队长的摩托车今晚被人偷走了。你也许不知道,我们队长外号青面虎,你偷他的车不是老虎头上搔痒吗?还是赶快坦白,争取从宽处理。只要你说出来,有车还车,无车赔钱,咱们来个私了,保证不处理你!"

听他这一说,我低着脑袋反复思考,权衡利弊,觉得还是承认偷车算了,大不了赔上几千元钱,不然,说出真话,那林彩花可要遭殃了。于是我咬咬牙说:"我鬼迷心窍,是偷了辆摩托车,我不知道是你们队长的,我……"我这一说,他们乐了,齐声问道:"那车呢?""车……"我愣了,我连车的影子都没见过,知道在哪里呢?可事到如今,是屎也得往下咽。我说:"车,车扔了。""扔哪里了?""我也弄不清楚啦。"

这话别说他们不信,连我自己也不信。因此又遭了好一顿皮肉之苦。

我只得求饶:"求你们别打了,我彻底坦白,我把车扔进一个水塘里了。我扔了车就跑,转来转去连方向也迷糊了,求你们饶了我吧,反正我赔就是了。"

我这一招倒也起作用,他们没再打我。几个人押着我回到家里,经过讨价还价,我取出现金、银行存单,七拼八凑,凑了6000元钱,这才把他们打发走。

他们走后,我拿镜子一照,乖乖,青一块、红一块的,真的是鼻青眼肿了。

第二天上午,我还没起床,一阵急促的敲门声把我惊醒,开门一看,大吃一惊,一辆警车停在门口,几个公安战士站在面前。其中一个问道:"你叫严明是吗?"我忙说:"是,是,是的。"

公安战士严肃地说:"马上跟我们到公安局去一趟!"

就这样，我被抓进了公安局，关进了拘留所。他们说我是杀人凶手。

这究竟是怎么回事呢？

原来那天晚上几个联防队员离开我家后，又到附近的池塘水库里去打捞摩托车。七捞八捞，想不到竟然在一个池塘里捞到了青面虎的那辆摩托车。更糟的是：拖上来的还有个紧紧抱住摩托车的人———一个早已断了气的二十多岁的男子。

这一来事情就复杂了：我不但是盗窃犯，而且还杀了人，这怎么了得？我再也不敢隐瞒了，一提审，我就竹筒倒豆子，将自己怎样躲雨，怎样碰上林彩花，怎样被引诱上楼，怎样逃出虎口，碰上联防队员又怎样挨打而被迫招供，最后如何赔钱，一一作了交代。我还哭着说："公安同志，我可是个连鸡都不敢杀的人，哪敢杀人。我是一脚踏错步步错，你们一定要帮我调查清楚呀！"

公安局是很负责的，为了把问题搞清楚，他们找到了林彩花，谁知林彩花大哭大闹，说根本不认识我，也根本没请我上她家吃饭！

她这一推，使公安局为难了。他们经过调查，查明那个死了的人是个赌鬼，也是惯偷，根据现场分析，很可能是那人偷了摩托车，因心慌意乱而坠入池塘淹死。但这仅仅是推测，并不能证明我是无辜的。偏偏我又承认了偷车，还赔了6000元钱，如今翻供，却又找不出一点证据，也就无法认定我与此案无关。在判不能判、放不能放的情况下，这事便成了挂起来的悬案。

唉，这该死的桃花运，真把我害惨了！

（严　明）

怒斗黑蟒

　　好多年前,我在非洲援建坦赞铁路,开压路机。经中非员工并肩奋战,铁路越过莽莽草原,伸进丘陵地区的原始森林。这里林木蔽天,野兽众多,白天工地上机轰人喧,狼蛇虎豹躲得远远的,可到晚上夜深人静时,密林深处幽光点点,狮吼猿啼,十分怕人。

　　我的助手拉利,是新招聘来的当地民工。小伙子身强力壮,聪明伶俐,很快学会了驾驶技术,我们相互学语言,靠单词加手势交流思想,谈起话来十分有趣。拉利的家就在森林边缘,他有个可爱的妻子,可惜难产死了,留下一个儿子,已经三岁,靠邻居沙丽大婶和阿尼照料。

　　一个休息日,拉利邀我去他家做客,我欣然前往。拉利推开虚掩的草门,屋里光线黯淡。我眯了眯眼,只见房间一侧放了一只小摇床,过去一看,嗨,一个光屁股的胖小子正在里面伸懒腰呢!我喜爱地刚要伸手去抱他,突然,摇床后面“呼”地一下,竖起一个圆溜溜、直通通的东西来。我吓了一跳,定睛看时,我“妈呀”一声惊叫,眼前一黑,便直挺挺往后倒下。我怎能不惊骇呢?挺立在我面前的,是一条有小腿粗细的绿花大蟒啊!那寒森森的眼睛,不住伸缩的红色信子,差点吓破我的胆!我自小怕蛇,见条小蛇都汗毛直竖,心里打颤,何况是这么一个大家伙呢!

我吓得神魂颠倒,迷迷糊糊,拉利奔过来又叫又拍了好一会,我才醒来。我一醒来,惊骇地抱住他直嚷:“蛇,蛇,快打蛇!它要吃你儿子呀!”拉利对我的失态,开始摸不着头脑,后来忽然哈哈大笑起来。他边笑边解释道:“杨师傅,它就是阿尼。它不吃我的儿子,它是看护我儿子的警卫!”

我一听,惊讶得眼珠子都快蹦出来了。拉利见我不信,喊声“阿尼”,那绿花大蟒便不慌不忙爬出来,缠到拉利身上、脖子上,活像小孩在撒娇。拉利说:“蟒蛇通人性,养熟了,跟狗一样看门护家。我们这一带养蟒的人家可不少呢!”说着,他亲昵地吻着阿尼的脑袋。我看傻了,愣愣地问:“你怎么养活它呢?”拉利说:“它自己觅食,家鼠、田鼠、野兔、鸟类都是它的美食,有时喂它点玉米饼和肉类。”

阿尼成了我们的主要话题。在这一天,我改变了对蛇的看法,从怕蛇、恨蛇变为理解和喜欢了。我喊阿尼,它也缓缓爬上我的身子,缠在我的身上,那凉凉的感觉还挺舒服。可惜没带照相机,要是能拍下我和阿尼的合影,寄回国内,准让亲人们大开眼界!我也细细欣赏了拉利的儿子,这黑小子跟他爸爸一样英俊、健壮,长大了准是好样的。小家伙一天三顿饭,全靠沙丽大婶喂,她是位善良慈祥的女人。

一天早上,我们正在压路基,突然沙丽大婶惊慌失措地朝我们奔来。奔到面前，她一把抓住拉利，哭着说："你的儿子，他……他……"

拉利两手抓住沙丽，眼光像刀子直逼过去，大声问："我儿子怎么啦？阿尼呢，它干什么去了？"

沙丽喘着气，强让自己镇静下来，把事情大致说了一下。

原来这天早晨，沙丽端了一盆包谷糊糊去给孩子喂早餐。她走到门口，听到里面传出孩子沉闷的哭声和奇怪的杂音，并嗅到一股腥臭味。沙丽见屋门半开着，就探头一看，顿时吓傻了，只见屋里盘踞着一条从没见过的超级黑蟒，它身子有水桶粗，脑袋有笆斗大，此时，孩子的上半身已经被吞下了。阿尼面对强敌，毫不退让，也吞下孩子的一条腿，拼命与黑蟒争抢。可阿尼在黑蟒面前仅仅是一条小蛇，力量太悬殊了。一会儿，孩子的身子连同阿尼的脑袋都进了黑蟒的大嘴。而阿尼依然死不松口，终于慢慢地被全部吞进黑蟒的腹中。这时黑蟒前半截身子撑得粗粗的，它满足地钻出草门，向森林游去。

拉利瞪眼听着，拳头攥得"咯咯"响，眼睛瞪得铜铃大。他猛地一抬头，发出一声痛苦而愤怒的长啸，飞也似地往家里奔去。我也紧随其后，奔到拉利家，见草屋里弄得乱七八糟，摇床倒在地上，拉利流着泪挥拳发誓："该死的黑蟒，我一定要杀死你！"

在工友们的支持下，我陪拉利去找黑蟒复仇。我们背了枪、带了刀，在密林里四处搜索，那儿灌木丛生，长藤缠绕，必须挥刀开路，才能前进，我们在不见天日的森林中走着，全靠指南针确定方向。转了一天，野兽碰见不少，就是没有黑蟒的踪迹，拉利判断它准是躲在什么隐秘的地方，在慢慢消食呢！

十来天后的一个下午，我离开工地进树林方便，见一株臭烘烘的枯树干横在前面。我一脚踩上去，感到软乎乎的有弹性，正惊奇时，那枯树突然"呼"的一下快速游动起来。我大叫一声："黑蟒！"拉利闻声持枪赶来，可是黑蟒游动极快，转眼就不见了。

工友们知道后，议论纷纷。一位工友分析说："放炮修路时，曾在这里炸掉过一个山洞，那山洞很可能是黑蟒的窝，它也许是想念故居，才隐伏在附近的……"

拉利听了眼珠一转，马上有了主意。他回到村里牵来一头小羊，又到医务所要了一包麻醉粉，用水调匀后涂在羊身上，然后把小羊拴在发现黑蟒的地方。小羊很惊慌，"咩咩"叫个不停。我们在近处埋伏下来。可是等了一天一夜，未发现黑蟒出现。

到了第二天傍晚，随着一阵臭气，黑蟒出现了，它张开大嘴，一口吞下小羊，便静卧不动了。又等了一会，我上前用枪筒捣捣黑蟒，它毫无反应，说明麻药起作用了。我高兴地端起枪就要搂火。"慢着！"拉利制止了我，随后一溜烟跑回工地，一会儿，只见他"轰隆隆"开来了一台压路机。

这时，黑蟒仍沉睡着，像死了一样。拉利一加油门，两吨重的铁砣压住了黑蟒的下半身，也许是剧烈的痛楚把它刺醒了，只听"呼"的一下，黑蟒的上半身高高抬起来，犹如平地竖起了一棵大树干。我惊得不觉后退了几步，不由自主地端起了枪。这时候，拉利在驾驶室里向我做了个制止的手势，我知道，他要用他的方式杀死仇敌。

我看到，笆斗大的黑蟒头张开九十度的大嘴，满嘴牙齿像排排尖刀，暗红的舌头像机关枪一样喷吐蛇涎，把驾驶室玻璃窗涂上了一层黏液，黑蟒风一样舞动着上身，想摆脱沉重的铁砣子，可是怎么也抽不出它的下半段身子。于是黑蟒暴怒了，猛地把上半身反扣回来，像道巨大的钢箍，把压路机紧紧绞住，绞得驾驶室发出"轧轧"的声响。

黑蟒使足了劲，压路机却岿然不动。它见一招不行，又使出第二招，松开身子，在地上拼命翻滚，又用利牙啃咬压路机，蛇牙和钢板撞击，发出"叮叮当当"的声音。但不一会儿，黑蟒的牙就断裂了，满嘴流血，疼得发疯般上下扑打，左右摆动。经过一番垂死挣扎,压住的蟒身居然滑出了一段。这下黑蟒舞得更加起劲,风声"呼呼"作响,灌木丛被打得枝断叶飞,飘飘扬扬。

拉利欣赏够了黑蟒的挣扎,猛地一拉排挡,压路机轰鸣着开动,顺着蟒身一路压上去,直压到它的颈部。只见那只白色的小羊从它的嘴里被挤了出来,发出骨裂的"咔嚓"声,巨大的蟒蛇头被碾得粉碎……

下班的工人闻讯赶来,舞铁棒,挥砍刀,把黑蟒砍砸成一摊肉泥! 拉利跳下压路机,大声呼喊:"孩子,阿尼,我给你们报仇了!"说着,他的眼睛里滚出了两颗晶莹的泪珠……

(承　烈)

命根子

那年,阴雨连绵,整整下了七七四十九天,黄河水一个劲地猛涨,大堤将溃,下游群众慌作一团,纷纷逃难。

这当口,我正在黄泛区的一个村子里住队蹲点。上级命令我们:务必在三日内将全村男女老少一千八百口人迁移到安全地带。

这个村叫大王庄,它很古老,古老得已经使人们记不得它的历史了。村民们在这片土地上日出而作,日落而息,代代繁衍,一脉相承……据说,在民国年间,这里曾发生过几次大的洪水灾害,但传说是由于龙王爷保佑,村民们总能够避祸免灾。所以,当我们这些蹲点干部动员村民搬迁时,他们说啥也不肯离开这古老的村寨。

到了第三天早晨,我们软磨硬泡、连拉带推,总算把大部分村民安全转移了,剩下的净是些"钉子户",其中有一位外号叫"吴老倔"的孤老头,任你磨破嘴皮,任你把那洪水的可怕说得令人汗毛根根竖起,他就是不听。你说急了,他双手捂住耳朵;你拽急了,他抱住床腿不放。最叫人恼火的是,他竟然有歪理,他说:"你们年轻人懂个屁,我过的桥比你们走的路都多。这么多年都没出事,偏偏今年就会出事?噢,你让我搬家,这房子,这盆盆罐罐,这土地和庄稼,还有村前那龙王庙,你能都搬走吗?搬不走,我也不走。活也好,死也罢,我和这村子在一起!"

眼看着天已过午,仍没说服吴老倔,我急出了一身冷汗。这时,忽听高音喇叭里传来了十万火急的警报:"大堤决口了,大伙快跑呀!"

我急忙到外边打探消息,问了几个人,都是这样说的:有一户人家藏红薯的地窖离大堤不远,老鼠在地窖里打了许多洞,其中一个洞直通大堤。黄河水位猛涨,压力剧增,水击洞穿,大堤骤然决口,滚滚浊浪以排山倒海之势正向下游扑来……

千钧一发,刻不容缓!

我转身回屋,也顾不得称"吴大爷"了,高喊一声:"吴老倔,快走,洪水来了!"吴老倔一愣神,我不容分说,抢步上前,背起他就跑。

村外,天地间一片苍茫,昏沉沉的天幕覆盖着满目淤泥的平原,蒸发出闷人的气息,密密的庄稼东倒西歪,就像荒漠里的枯草。

我背着吴老倔,深一脚、浅一脚地猛跑。鞋子掉了,脚从泥里拔出来时"吧唧吧唧"声声作响。忽然,我觉得背上的吴老倔有点不安分了,他的手脚挣扎起来,"呼哧呼哧"地直喘粗气,紧接着,响起了霹雳似的一声吼:"放我下来!"我哪能放他,还是一个劲地往前跑。

吴老倔见我不停,就死劲拧我的耳朵,哎哟,我只觉得耳朵刀割般地疼,实在忍不住了,一松手,吴老倔顺势滑下地来。他狠狠地瞪了我一眼,二话不说,弯下腰来,蹲在淤泥地里,像侍弄什么宝贝疙瘩似的,把我刚才踩倒的禾苗,一棵一棵地扶了起来!

说时迟,那时快,我只觉一阵劲风袭面,定睛一看,洪水已铺天盖地而来。我急喊吴老倔,他却好像没听见,仍在专心致志地扶那些禾苗。

水火无情,那汹涌的洪涛,就像一只只猛兽张开的血盆大口,再不跑就没命啦,于是我拔腿就奔……

我爬上堤岸,脱离了险境,回头看见刚才吴老倔所蹲的地方已成一片汪洋,洪水翻卷着恶浪,在肆无忌惮地奔腾着……

"吴老倔完了……"可我不相信他会走得这么急,这么快,我希望能见到他的身影,哪怕是一具尸体也好。于是,我沿着堤岸呼叫着、寻找着。几个同事闻声赶来,帮我寻找吴老倔的下落。

我们四处寻找,始终不见吴老倔的踪影。放眼望去,远远近近都是一片水乡泽国,除了咆哮不息的黄河水和漂浮在水面上的残枝败叶,别无他物,我失望极了。

突然,有人高喊:"看,那是什么?"

我们顺着他指的方向瞧去,看到不远处的一个小土坡上,搁着一团黑色的东西,定睛细瞧,发现那是一个人,他蜷曲着,看不清面目。我和几个同事来不及多想,便跳下水去,费了九牛二虎之力,游到了那个小土坡旁。我跑到那人身边,伸手在他脸上抹了一把,禁不住失声道:"哎呀,是吴老倔!"

吴老倔双目紧闭,嘴巴却龇咧着,牙根和嘴上粘着些黄褐色的渣滓。人已经没了生气,但手里还紧攥着一株禾苗,那禾苗绿油油的,青翠欲滴,和吴老倔浑身黄乎乎的泥巴形成了鲜明的对比……

同事问我:"他活着吗?"

我拿不准,没有吱声,弯下腰去,向吴老倔歪着的脑袋细细看去,见没动静,又伸手掐一下人中,还没动静,便确定他已死无疑。于是,大伙商议,给吴老倔找个地方掩埋。他孤老头子一个,哪里都是他的天堂,有我们几个给他送葬,也算是他的福分。

我问:"他手里的禾苗咋办?"

同事们七嘴八舌地嚷着:"埋掉,一块埋掉!"

"谁说……把……把禾苗埋掉?"不知从哪里发出一声干涩的呵斥。

我们都呆住了。大伙惊愕地发现,淤泥里那个原本低垂着的头颅已经抬了起来,眼睛半睁,微弱却锐利的目光直刺着我们。

大伙正慌乱着,那张粘着黄褐色渣滓的嘴又张开了:"快闭上……你们的……臭嘴……"

我们几个顿时欣喜若狂:"啊,吴老倔没死,他还活着!"大伙七手八脚地给吴老倔收拾干净,还给他换了衣服,准备送他去医院。

吴老倔说:"把禾苗栽好再走。"

"你命都保不住了,还要什么禾苗!"

"胡说!不要禾苗,你们吃什么?这可是咱庄户人的命根子啊!"吴老倔瞪着布满血丝的眼睛吼叫着,那架势,像是要和人拼命似的。没办法,我只得从吴老倔的手里接过那株被他攥得热乎乎的禾苗,把它种在小土坡上……

夏去秋来,又到了收获的季节。我再到这个地方来的时候,只见一株玉米在土坡上昂首挺立着,它结了好几个玉米棒,籽饱、个大,那直挺挺的样子,使我不由想起了吴老倔的身影……

(侯建云)